田沁鑫的排练场

田沁鑫 著

之

四世同堂

北京大学出版社
PEKING UNIVERSITY PRESS

目 录

1　话剧《四世同堂》剧本

128　话剧《四世同堂》导演阐释

137　以"四世同堂"挽救国家危亡
　　　——田沁鑫与韩毓海的创作对谈

164　民族的抗战力量深藏于民众之中
　　　——田沁鑫与孔庆东的创作对谈

199　现实主义与表现主义完美结合
　　　——田沁鑫与舞美设计薛殿杰的创作对谈

215　"新京味"写出乱世中的世道人心
　　　——田沁鑫与戏剧阐释杨阡的创作对谈

话剧《四世同堂》剧本

原　著：老舍
编　剧：田沁鑫　安莹
制作人：李东

联合主办：中国国家话剧院
　　　　　京演集团
　　　　　北京市西城区人民政府
　　　　　北青文化艺术公司
　　　　　北京儿童艺术剧院股份有限公司
全程策划推广：北京巨龙文化公司
台湾演出推广：中华文化联谊会
　　　　　　　北京巨龙文化公司

话剧《四世同堂》主创人员名单

出品人：周志强　王　宁
　　　　康　伟　张建东
　　　　张延平

总监制：严凤琦　王　颖
　　　　王　粤　张洪生

总策划：肖夏勇　王晓鹰
　　　　刘　洋　陈　磊

监　制：戈大立　郄春来
　　　　刘　洋　司秀琴

策　划：罗大军　王志忠
　　　　郭　新　李征帆
　　　　余韶文　刘忠奎
　　　　罗劲松

顾　问：舒济　舒乙
文学顾问：郑万隆
艺术顾问：韩毓海　孔庆东
戏剧阐释：杨阡

导演 / 编剧：田沁鑫
执行制作人：储志勇
执行导演：刘天池
舞美设计 / 舞美总监：薛殿杰
舞美设计：王晗懿
灯光设计：王瑞国
服装设计：赵艳
造型设计：贺亚琳
音响设计：周涛
作　曲：张巍
道具设计：王璞
多媒体设计：冯磊
舞台监督：孙亚男
舞台监督 / 副导演：罗兰

第一幕　惶惑

【纱幕上书"四世同堂",下方盖有"老舍"二字红印章
【开演钟声敲响
【场光收
【画外:闷雷似的炮声响起,一声强似一声
(早五点)
【幕起
【画外:闷雷似的炮声响着
【晨光中,小羊圈胡同展现
【台左是冠家,台中是钱家,台右是祁家

说书人：小羊圈胡同,在北平西城护国寺附近,说不定,这个地方在当初真是个羊圈,胡同口是那么狭窄不惹人注意,让人觉着那么安全,胡同里住着八七家人家,让人觉着那么温暖。

街门朝西的是祁家,对面儿是冠家,中间夹着钱家。四五十年了,胡同里的邻居们今天搬来明天搬

说书人出场,大幕拉开

走,只有祁家独自在这里生了根儿,是小羊圈胡同里,最体面最全合儿的四世同堂的家庭!祁老人什么也不怕,只怕活不到八十岁,庆不了八十大寿。因为八十大寿不只是寿,那是人丁兴旺,家道兴隆。

可就在他七十四岁的这年夏天,玉泉山的泉水还闲适地流着,青山还在天光下雄伟地立着,卢沟桥的炮却响了,日本人踏碎了北平的安详与平静,最爱和平的中国,最爱和平的北平,变成了一只失去舵的孤舟,在野水上漂荡。

【冠晓荷，冠家门出

冠晓荷：卢沟桥一响炮，八百年土都给震下来了，整条胡同都跟着晃悠，我心里头这个高兴。活该！我不待见这政府，因为它不给我官儿做，所以，我不爱它！我不爱了政府，也就不爱了国，我不爱了国呢，这国，他亡不亡的，跟我也就没多大关系了！

【钱默吟，钱家门出

钱默吟：要亡国了，我这些天写不得诗、做不得画，就怕丢了这北平城。日本人王道啊！倘若北平是树，我便是那树上的花。北平若不幸丢失了，我想我就不必再活下去。

【祁老人，祁家门出

祁老人：钱先生。

钱默吟：祁老先生。

【韵梅，祁家门出

祁老人：放心，不出仨月准过去，什么战役在北平城打得起来啊？

钱默吟：是。

祁老人：直皖战争怎么着？直奉战争又怎么着？没本事，他屁股也别想在这城里头坐坐，风水宝地！八国联军本事大吧？八个国一块儿打，怎么着，也没把这城抢走啊。小日本子家住哪儿啊？横是远着呢吧。谁没个思乡之情。他们祸害不了几天。早晚得走！顺儿他妈，粮食够吃仨月么？

韵　梅：够呢，爷爷，咸菜、酱菜疙瘩都预备着呢。

祁老人：顶门那大缸里多垫块儿石头，把那街门给我顶瓷实点儿。

韵　梅：知道了，爷爷。

【祁老人回祁家，老二老三接，关门。

【四奶奶，四奶奶家门出

四奶奶：老大媳妇……

韵　梅：四奶奶早。

【马姥姥，长顺，小崔，小崔妻，众人上

【早六点

小　崔：听说要占华北啊。

程长顺：华北跟哪啊？

【瑞丰，菊子，祁家出

小　崔：华北跟哪您都不知道？

祁瑞丰：嘿，大嫂。这也忒可怕了，这小日本子都要打到北平城了。

菊　子：呦，有那么邪乎吗？这日本人来不来咱也得吃早点啊，咱今儿吃什么呐……

李四爷：关城门喽，老街坊们，各家各户麻利儿的存点儿粮食咸菜伍的。

小　崔：卢沟桥这一响炮，这就叫侵略。

祁瑞全：日本人已经把东三省都占了，他们早就叫侵略了，过不了十天半个月备不准就打护国寺啦。
小　崔：护国寺，那离咱小羊圈也忒近啦。
祁瑞丰：小羊圈？日本人要占领全世界，备不准还要窜火
　　　　星上去呢！
菊　子：火星跟哪条胡同啊？
小　崔：火星？羊肉胡同呗。
　　　　【白巡长，上场口出
　　　　【天佑，祁家门出
马姥姥：就知道吃，听说坦克车都进城了。
白巡长：日本人要炮轰北平城？这是谣言啊。大伙可千万
　　　　别信这个。

卢沟桥炮声一响，小羊圈胡同群众上场

祁天佑：咱们不招他们，他们不会乱杀人的。

小　崔：招不招的咱也不怕他。不成咱就抽他们。

四大妈：嘿，小崔，说话可得留点神。

【众人慢慢散开，散落在舞台上，成群交谈

【瑞宣，祁家门出

韵　梅：瑞宣。

瑞　宣：韵梅。

【大赤包，冠家门出

大赤包：哟，大家伙儿这是干吗呢！祁大爷，早啊。

祁瑞宣：早，冠太太。

大赤包：这不是还没亡国呢吗，瞅给这一胡同耷包吓成这样，这要是亡了国指不定什么成色呢？您说是吧！

瑞　宣：冠太太，我还有课先走一步了。

大赤包：亡国有什么可怕的，中国亡国的次数还少吗？

【尤桐芳，冠家门出

冠晓荷：都是些个愚民，坦克车要进城这可不是谣言，还在街上胡呲。还不一望门、两望门，赶紧遛下。

白巡长：没错这街面乱，有事没事就别出来了，留神别让炮给崩啦！可就回不来了！

【众人散去，小崔随人群准备拉车回家

大赤包：小崔！

小　崔：怎么着您呐！

大赤包：西四警察署、教育局、财政局，你麻利儿的跑一天，这可是我们家官人隆兴的几个重要地方，你要是跑不到，我就去七号院拆你们家房梁去。

小　崔：人家刚才白巡长说了，这天儿出去，让炮崩了可就回不来了！

大赤包：他坐车的都不怕，你拉车的怕什么。我多给你俩子儿。

【冠晓荷，上黄包车

冠晓荷：夫人，我虽然腿肚子转筋，但是我精神亢奋。

小　崔：要不是家里杂合面没了，我才不挣您这要命的钱呢！

冠晓荷：小崔，小心闪着我的腰。

【小崔拉冠晓荷下场门下，穿过纱幕至上场门

大赤包：小崔，听见放炮就立马趴下。晓荷，看见日本人麻利儿给人家鞠躬。

尤桐芳：晓荷，犯不上跟他们犯轴，他们有枪。

【大赤包与尤桐芳对视，尤桐芳进冠家

【招弟、高第，冠家门出

招　弟：妈，卢沟桥正放炮呢，你叫我爸干嘛去啊！

大赤包：你干吗去啊？

招　弟：我到胡同口吃碗爆肚。

大赤包：回头再让炮崩着。你给我回去！

高　第：您这会儿让我爸出去跑官，你就不怕他让炮崩了？

大赤包：你爸他命大，没那么容易让你咒死。进屋去！（对招弟）没听见，什么孩子。

【大赤包拉两个闺女进院
【空荡荡的小羊圈胡同
【画外：鸽哨声划过
（中午）
【胡同四大妈和二姑娘出，同时祁家院落打开

四大妈：二姑娘，我给你勺了半斤杂和面，凑合一顿是一顿。

【祁家院内，左侧是天佑夫妇、瑞宣夫妇的屋子。前区有个凉棚。院墙右侧是祁老人的屋子、茅房，和瑞丰夫妇的屋子
【祁瑞宣胡同口出，走向祁家
【祁家院落打开，传出收音机的声音
【祁瑞宣进门，打开院墙，韵梅正在晾衣裳，孩子上前

韵　梅：呦，这么早回来了？（对小顺）找你三叔玩儿去。

祁瑞宣：唉。

【瑞全从厕所出

祁瑞全：大嫂，你听听，他都吱歪一中午了，也不嫌吵！

韵　梅：他又没碍着你。

【韵梅带着孩子送包回屋，瑞全和瑞宣抱怨，瑞宣制止，瑞全拿了草纸上茅房，瑞宣看向瑞丰屋
【瑞丰夫妇的小屋景片开，菊子推

菊　子：你个怂包！你怕什么啊，那日本人长得不是和中

国人一样吗？有什么可怕的。

祁瑞丰：那是当兵的日本人，你不怕我还怕呢。

菊　子：我就瞧不上你那样儿，人家日本人也没干吗啊，不就是帮咱站站岗，管理管理咱们吗？

祁瑞宣：韵梅，有个事和你说，来一下。

菊　子：你少和一胡同怂包瞎嘀咕，没出息。

祁瑞丰：你跟我拽列子没用，你要是能给我指出一个这时候敢出门儿的活人例子，我立马拎上点心匣子，瞧你二舅去！

菊　子：界壁儿三号院，冠晓荷，你看人家多机灵。他们家还没有我二舅这么一局长呢，人家就知道出去跑官。哪像你呀，我这生拉硬拽的赶着你都不去。

祁瑞丰：嘿，我这冠大哥和别人就是不一样啊。

菊　子：少废话。

祁瑞丰：哎，我说菊子。你说咱二舅都当上局长那么大的官了，我要是粘上咱二舅，他能给我个什么肥缺？

菊　子：跟他要个处长。

祁瑞丰：处长？太大了吧。八成有人了？

菊　子：那就科。反正必须得当官！告诉你祁老二，当上官咱就可以出去单过。

【瑞宣推开祁家小院，半开

菊　子：你们祁家一家子都是势利眼，就是因为你大哥挣得多。

【院内，韵梅站在小棚子里，抹着眼泪听瑞宣说话
【菊子趴门偷听

祁瑞宣：先别跟爷爷说吧。

韵　梅：你说你本本分分的教书，又没偷奸耍滑，怎么就得罪他们了？

祁瑞宣：就四个钟点的课，我另外那份正差挣的比这个多。

韵　梅：瑞宣，那可是四个钟点的薪水！

菊　子：你看大嫂那儿干吗呢？哭呢吧。你把那话匣子关了，我出去瞅瞅去。

【菊子扭出屋去，合拢瑞丰家墙片

韵　梅：他们平白无故的辞人，受了委屈你还替他们着想。咱们上哪儿去找补这四个小时的薪水啊？

祁瑞宣：是我辞的他们，我不愿意看那洋神父的脸色。这年头没有谁能委屈的了谁，只有我这样不能忍耐的。

韵　梅：这一家老小还指望着你呢。那让老二家知道了……

【菊子出来偷看被瑞宣看见，瑞宣给韵梅使了个眼色

韵　梅：肯定会体谅你的。弟妹是吧！

菊　子：大嫂，我当然体谅了。你要是舍不得说大哥，就让爷爷说他几句。

祁瑞宣：我是把那四个中点的课给辞啦。

菊　子：大哥，您耍性子辞工不要紧，您可别忘了这一家子大小，我们都指望您呐。

韵　梅：让弟妹操心了，瑞宣自个儿会跟爷爷说得。

菊　子：哼……

【瑞全，从茅房里出

祁瑞全：你告诉他，他要是不把那话匣子关上，我就拿石头砸碎了它。

菊　子：哎呦，瑞丰，快把那话匣子关了。小三，去茅房了吧，我说怎么说话臭气熏天的呢！告诉你老三，我一点儿不反对，你捡，你捡块儿大的，你捡块儿大的砸你们祁家自个儿的话匣子。

【菊子转身进屋

【瑞全郁闷着，奔向菊子，韵梅、瑞宣阻拦

瑞宣拦住热血青年瑞全，以避免家庭矛盾升级

菊　　子：瑞丰……你们家老三要砸咱们的话匣子。

　　　　　【祁瑞丰，推门出来

祁瑞丰：大哥，您甭拦这号暴民，失了您的风度。老三，
　　　　你过来，我是你二哥，你砸！你往这儿砸！你今
　　　　儿要不砸死我，你就是孙子养的！

祁瑞全：嘿，我今儿要不砸你我就不是人。

祁瑞宣：这都说什么浑话呢！

韵　　梅：三儿，她拿话捎带你，你还当真啊！听大嫂的！

祁瑞丰：他要砸死我，你砸啊！砸啊！

韵　　梅：老二！行了都少说两句，三叔不是那个意思，他
　　　　不是要砸死你，他不是要砸死那话匣子吗！

祁瑞丰：砸话匣子也不行啊，那可是爷爷的物件。

祁瑞全：那我就砸死你。

祁瑞丰。砸，砸，你砸……

　　　　　【音响：坦克车声音

韵　　梅：什么声?

祁瑞全：大哥，日本人坦克车进城了，这不明摆着示威
　　　　吗？我得出去看看。

韵　　梅：你先把石头给我，回头急了再把人坦克车给砸
　　　　喽。

祁瑞宣：先别出去，你那暴脾气准惹祸。

祁瑞丰：坦克车进城怎么着了，你就不敢砸啦！有种你
　　　　砸，你砸啊……

祁老人：这什么动静啊？

韵　　梅：爷爷，三叔说日本人坦克车进城了。八成是要示

威吧!

祁瑞丰：爷爷他砸我倒无所谓，他要是把您能听戏的话匣子砸碎了，你说他是一多大的败家子啊。

祁老人：都进屋去，把那书都拿着，白巡长说了，要烧书。

祁瑞全：我出去溜达溜达。

祁老人：小三，把你的书也拿着，以后啊，都甭读书了。

祁瑞全：这是什么日子啊？焚书坑儒，这地儿我没法呆了。

祁瑞宣：我出去看看。

韵　梅：外面乱哄哄，你上哪去啊？

祁瑞宣：我不走远，就在胡同口。

韵　梅：小心点。

【祁家院合拢

【祁家院墙外，小羊圈胡同展开，知了声起

【胡同里，白巡长和瑞宣，敲了钱家的门，无人应声

【长顺、孙七，上场门出

孙　七：你说咱们那么多兵都哪去啦？

程长顺：都打仗去啦！

孙　七：都打哪儿去了。日本人坦克车都进城了。

【二人看见瑞宣

七、顺：祁大爷。

【瑞宣走，白巡长阻拦

《四世同堂》这个戏，能为大家创造一个其乐融融的氛围，这是我做的最基础的一件事情，达到了我提的要求。我一直在潜移默化地制造这个氛围。所以这次在国话排戏，可能有一些想过瘾的演员没在这儿过着瘾。我没有显山显水，但我是润物细无声，所以这次才真正是一次非常"心苦"的排练。往常可能是辛苦的排练，但这次是"心苦"的排练。我要顶住一些非议，以前大家都希望明确，希望直接，希望被要求。但《四世同堂》这个戏，只能是四六劲地这么排。一直排到演出前，北京的胡同感才能一点一点出来。

（选自《国话研究》"田沁鑫：我有能力让大家都平衡住" / 采访者：梁伟）

白巡长：你干吗去？

祁瑞宣：我出去看看。

白巡长：坦克车都进城了，压得都一愣一愣的，就在咱那，护国寺啦。你还出去。哎！瑞宣，我跟你说件事儿，我听说，前些日子在南口有人摔死了一车日本兵。

祁瑞宣：真的？

白巡长：开车的司机和一车日本兵全炸飞了。

祁瑞宣：真有这样的事儿？这是咱北平城的事儿？

白巡长：敢情，我怕日本人查下来挂落在钱家？

祁瑞宣：为什么挂落钱家呢？

白巡长：钱家二少爷钱仲石，不就在南口汽车行干事儿吗？

祁瑞宣：您是说钱仲石？

白巡长：钱先生八成已经知道这事儿了，要不怎么老不着家呢？

【胡同口，钱默吟一个趔趄，背着一个兵回来

祁瑞宣：钱伯伯。

白巡长：钱先生。

钱默吟：快把他扶屋去，这位军人刚在槐树那儿上吊，我把他救了。

孙　七：看我说的呢，当兵都打哪儿去啦，合着都上吊去了。这北平城是亡铁啦。

钱默吟：这是谁啊？年轻轻说话怎么那么不着听啊！原来

是孙七啊，我告诉你，就凭这当兵的有胆量能为这个城去殉葬，就凭这个，咱这国亡不了。

祁瑞宣：钱伯伯，您说中国不会亡？

钱默吟：你们年轻人就应该出城去，然后再一波波地再打回来。

【孙七、长顺进钱家

钱默吟：瑞宣，现在要赶紧想法子把这军人送出城。

白巡长：现在能出城的只有死人。

祁瑞宣：那我去找四爷爷。他是老杠夫，他肯定有办法。

白巡长：我可什么都没说啊……我可什么也没看见啊。

【白巡长跑下

【钱先生进院

【冠家院内，传来四个女人的说话声

【起光

大赤包：一家子就我的脸皮儿老，知道帮丈夫兴家立业，闺女替爸爸谋事由怎么了？天经地义！不能仗着脸子白装他妈的小妖精！就知道在家里翻着白眼吃干饭，耗子扛枪窝里反！

尤桐芳：呦。您这是唱哪出啊？什么小妖精，是谁翻白眼，吃哪家的干饭，谁是耗子，扛哪家的枪？你把话说明白！

大赤包：我说的就是你，尤桐芳！你不要脸，你爱挨骂。

尤桐芳：你就把你肚子里那点邪火往我身上溅，溅出来你也养不出个么鸡来。

饰演大赤包的秦海璐在排练场上霸气十足

高　　第：尤桐芳！我妈跟我说话跟你有什么关系！轮着你加枪带棒的吗？

尤桐芳：冠高第，你怎么那么不识好歹啊！你妈是想卖你们给日本人当小老婆。

大赤包：打牌呢。

招　　弟：多早晚也是我们姐妹自家的事，嫁谁也没你便宜占，就算嫁日本人也用不着你横啊。五条。

大赤包：好闺女，碰。

高　　第：呸，要嫁你嫁，我誓死不当亡国奴。

大赤包：二饼。

高　　第：胡了。

大赤包：混蛋玩意儿。

尤桐芳：哎呦，老天爷真是不开眼啊，白亡国了。你凑也凑不出个日本女婿，赶着当也当不成亡国奴。

大赤包：你当亡了国，大家伙就都成了奴才？亡了国，人也是要分三六九等，还嗔着我让你爸跑官，嗔着我让你们帮你爸跑官！做了官，你们才是人，做不得官，都他妈是奴才！还跟这儿议论国家大事，愚昧！你们议论得着吗？

【冠家，收光

【音响：黄包车的铜铃声由远及近
【小崔，拉着冠晓荷跑上

冠晓荷：国际局势，你们这些个拉车的知道么。

小　　崔：我跑着，您说着。

冠晓荷：世界正打架，国际闹纷争。德国那边，刚占了一个叫什么利的地方，日本这边，就进了咱北平城。人呐，难得生在乱世啊！

小　崔：冠先生，您觉得乱好？

冠晓荷：乱有乱的好处，大乱必大治。

小　崔：您也不怕让炮给崩着。

冠晓荷：我朝你俊美地一笑，我命大！在全城人惶惑不安的时候，我冠晓荷开始活动。我身上凝聚了中华民族最优良的传统美德，勤！

小　崔：琴？弹弦子？

冠晓荷面对动乱俊美地一笑

冠晓荷：勤奋、勤劳、勤勤！我年轻的时候勤勤，我做过税局局长、头等的县长还有省政府的官儿。后来这倒霉政府迁南京去了！一朝天子一朝臣哪，我就没了着落。可我依旧穿戴够格儿，唱皮黄、打八圈，样样不落。最近，我开始学佛，研究些个符咒与法术。这是交际的必要手段，因为那些个达官显贵都会念上两口儿，就跟会抽会赌一个意思。我出生的时候，算命先生说我有造化，骨重！就是骨头沉。我必得再交一步好运！

小　崔：嚯，我说拉着您那么沉呢。

拉车甲：小崔，去哪儿啊？

小　崔：西四警察署、教育局、财政局。

拉车甲：今儿敢出门的都是不要命的！

小　崔：敢情，您哪的活儿？

拉车甲：东交民巷。

小　崔：您呢？

拉车乙：鼓楼大街。您呢？

拉车丙：我，菜市口。

小　崔：您呢？

拉车丁：正阳门。

　　　　【小崔与众车夫下
　　　　【画外：拉车的铃铛声渐弱

　　　　（傍晚）
　　　　【祁老人八仙桌正中，天佑太太，祁瑞丰，小顺坐

在桌前，瑞全在门口整理书

祁老人：瑞宣，好歹你是没辞了你那份正差。

韵　梅：是那四个小时的英文课。

菊　子：是四个小时的薪水。

韵　梅：爷爷……

祁老人：瑞宣，娇贵了自己，不爱看脸色，就是气量小。

祁瑞宣：是，爷爷。

祁老人：事儿都干了，我能说什么？我估摸着市面上还得乱仨月，你正好寻思寻思，等日本人闹完了，回去跟那洋和尚好好说说，把那差事再捡回来。

祁瑞宣：是，爷爷。

【祁瑞全，推景片开

祁老人：瑞宣，你是咱们家的顶梁柱，遇事不慌要压得住阵脚，越是兵荒马乱的年头，你越得有主意想办法多挣钱，支撑这个家。

祁瑞宣：是，爷爷。

祁老人：老二家的，不是我说你，往后少去两趟电影院，现在家里头钱紧。再说，男男女女的，在一个大黑屋子里瞎凑合什么呀，不如在家听听话匣子。

胖菊子：爷爷，老三要把我们那话匣子砸了，我们不是还得上电影院么。

祁老人：他要是为听戏跟你们翻扯，我不饶他！可那话匣子里头唱的什么呀，叽哩哇啦的？

祁瑞丰：那是日本人唱的日本戏，爷爷。都是在嗓子里面转轴儿，没咱京戏有味。

老　人：咱们京戏也讲究绕弯儿，但不在嗓子里绕，是在脑瓜顶上绕。比如程砚秋程老板的唱，讲究的是脑后音儿。

祁瑞全：爷爷，这都什么时候了，您还说这些。

祁老人：我们这聊京戏呢，你不爱听，走。（对瑞丰）知道什么叫脑后音……

【祁瑞全扭身就走，瑞宣拦弟弟

祁瑞宣：瑞全，不许跟爷爷讪脸。

祁老人：小三儿，这家里属你最王道！

祁瑞丰：没错儿，爷爷。今儿他要砸死他二哥，明儿他再

祁瑞丰：挪东边干吗啊，那得说挪西天去。

祁老人：行啦，你们都少说两句吧。都盼这家里点儿好。瞧你们说的，有那么血乎吗？瑞宣，你也得下点

儿正事。

祁瑞宣：是，爷爷。

祁老人：眼下咱家最大的事儿是什么呀？

祁瑞宣：什么呀？

祁老人：就是煤球！你们得找人去西山拉煤去！你说这么大的事儿你不惦记着，尽是你媳妇惦记着。再说我就看不惯你给他起得这个受累的名字，韵梅。她里里外外一天忙到晚你还忍心叫她去"运煤"吗？

韵　梅：爷爷，瑞宣都惦记着呢。这两天日本人闹放炮，崩得人心惶惶的，没得出空来，是吧瑞宣。爷爷，我信您的，您说他们怎么也得有个思乡之情，估摸着再崩两天也就差不离儿回去了。爷爷，咱下面吧。

祁老人：等会儿，等你爸爸回来再下面。

祁瑞全：爷爷，我出去溜达溜达。

韵　梅：哎？三儿，这都要吃饭了……

【祁瑞全走出家门，韵梅带孩子落座，瑞全合祁家景片。

菊　子：爷爷，老三他是心里有人了。

祁瑞丰：是隔壁冠家二小姐。

祁老人：什么？

祁瑞宣：还没影的事呢。

韵　梅：是冠家二小姐对三叔有意思……

祁老人：我跟你们说，那家人不是好人家！

【祁家景片，合

【小羊圈胡同里，月色向前铺展
（傍晚）
【冠家门开，招弟跑了出来

祁瑞全：招弟！

招　弟：瑞全！

招　弟：你砸我们家树干嘛？

祁瑞全：招弟，我要走了。

招　弟：去哪儿啊？别又说让我陪你去北海，上回在静园就被关了一晚上。回家，被我妈骂了一整天。

祁瑞全：这回不去北海。

招　弟：去哪儿啊？

祁瑞全：去的地方远。

招　弟：西山？

祁瑞全：不是，出城。

招　弟：出城？

祁瑞全：我这几天做梦都梦见逃亡，梦见高山大川、鲜明的军旗、凄壮的景色、血红的天。醒了我就激动！我想跳到鲜血和炮火里去，把太阳旗一脚踢开，插上咱青天白日旗，让它迎着风飘扬！我要从家庭和社会的压迫中冲出去，成为一个自由的人，能够挺着胸站在世界上的公民。

招　弟：行了，别在这儿散德行了。

祁瑞全：我们要创造新的中国史，不然我就没法有滋味儿的活下去。

招　弟：你接着说。

祁瑞全：你想听。

招　弟：我爱听。

祁瑞全：招弟，我不想因为你，我走不了。我跟你说，我要是走的清爽，就必须斩断所有跟我有关的情爱。我爸、我妈，我兄弟，还有你。

招　弟：啊？

祁瑞全：我是个理智的人，我不想让你也挤进我的理智里面来。

招　弟：要不，咱们俩一块儿走吧。

祁瑞全：真的？

招　弟：走远了有什么好玩的？

祁瑞全：不好玩，得吃苦，可能还会死。

招　弟：死？凭什么？哦，你想死了拉着我当垫背的，你安的什么坏心眼呢！我才不跟你死去呢，我正跟小文媳妇学《红鸾禧》呢，等我扮上了，我在如月楼唱上一回，最近我一闭上眼，就看见我自己个儿在台上唱戏。

祁瑞全：招弟，你是想唱戏，还是想跟我走。

招　弟：要不你也甭走了！北平多好啊。煤市街、鲜鱼口、东安市场，还有摩登男女那样儿，并着肩走路。中山公园柏树下面乘会儿凉，再到北河沿儿喝碗酸梅汤，然后赶去看平安电影场，咱不坐人力车，坐电车去，叮叮当当的。死了当然没活着好玩儿了。诶，我听尤桐芳说，咱小羊圈就死了一个人了。

祁瑞全：小羊圈，谁啊？

招　弟：我对你说了你别告诉别人。钱仲石，跟一车日本人同归于尽。

祁瑞全：你傻孩子，你在人家门口说这个。

招　弟：没事，我姐喜欢钱仲石，备不准儿桐芳今晚上就告诉她，那我们家可就热闹了。

祁瑞全：死的有种！招弟，你愿意跟我一起出城，去找军队，或者去死吗？

招　弟：你怎么又来了，你怎么那么没正形啊！

【冠家院内，大赤包还在发脾气

【院外，招弟听见妈妈的叫骂声，"咯咯"笑起来

【招弟让瑞全躲开，高第、大赤包、尤桐芳出院外

高　第：冠招弟……

招　弟：唉！

高　第：合着我告诉你一个人的话，你给我饶世界广播去！妈，今儿我把话撂这儿，我的婚事不劳您费心，我喜欢谁，我就嫁给谁。

大赤包：我就知道你要把自个儿贱卖给钱家那臭司机！

高　弟：冠招弟！

大赤包：冠高第！我不允许你自由婚。

高　第：冠招弟，我喜欢钱仲石，我光明正大，没跟她似的，夜里陪人钻北海。

大赤包：你大晚上站当街干吗呢？北海？你不自个儿去的吗？跟谁去的？

赵焌研、乔瑜岩扮演冠家姐妹花高第、招弟

高　弟：敢情！

招　弟：祁家老三，怎么啦！

高　第：祁瑞全。

　　　　【大赤包朝祁家喊，招弟赶忙阻拦

大赤包：哎呦，这两个没羞没臊的混蛋玩意儿！你们就不能给我找个胡同外头的吗？

高第
　　　：不成！
招弟

大赤包：笑什么笑，你给我闭嘴，你妈妈我今儿再把话放一遍，不成！你们少听那唱大鼓的破烂货嘴里头胡呲！

尤桐芳：呦！你说谁是破烂货？你说谁是破烂货？

大赤包：我就说你呢！

尤桐芳：我瞅你还不是个玩意儿呢！你说谁呢？

高　第：一家子都在胡同散德行，不嫌丢人啊。

大赤包：对，谁先出来的？谁先出来的？冠招弟你给我回来。

　　　　【尤桐芳、高第、招弟依次进屋

招　弟：（对瑞全）听完戏再走，啊……

　　　　【二人进院，冠宅内灯暗

　　　　【祁瑞全在冠家门口，有些失望，惆怅着坐在钱家门口

　　　　【音响：蛐蛐声起

　　　　【瑞宣，祁家出

【胡同里,剩下祁瑞宣和祁瑞全两兄弟

祁瑞全:大哥,我想离开这个家出城去!

祁瑞宣:我也想一跺脚就走。留下当窝囊费就更没人同情咱了。

祁瑞全:大哥,您嘴上这么说,可您老拦着我。

祁瑞宣:出城打日本人都是掉脑袋的事,我能不拦着你吗?

祁瑞全:大哥,要不咱俩一块走吧。

祁瑞宣:我不能走,这一家老小吃穿指着我呢。我要是一走这一大家子人怎么活啊。

祁瑞全:大哥我知道你为难,你为咱们家吃了亏。连我都是你的累赘。

祁瑞宣:小三儿,你应该走,咱们家怎么也出去一个。我已经和四爷爷商量过了,时机一到,就送你出城去。钱伯伯说出城准是一步活棋。

祁瑞宣:大哥,那你呢?

祁瑞宣:咱们俩一个尽忠,一个尽孝。你出城杀日本人,我留下来,焚书、挂白旗、做亡国奴。

祁瑞全:大哥你说我还带点什么?

祁瑞宣:带点钱。还有,带着一颗纯洁的心,永远带着。

祁瑞全:哥!

祁瑞宣:快回去吧,别让爷爷等久了。三儿,走之前多尽点儿孝心,别让咱妈看出来。

祁瑞全:知道了。

【瑞全进祁家,瑞宣敲钱家的门

【傍晚

祁瑞宣：钱伯伯……

钱默吟：瑞宣，和四爷爷商量得怎么样了？

祁瑞宣：四爷爷说明天有出殡的人家，正好带那位当兵的出城。

钱默吟：好，我叫那个当兵的收拾一下。

祁瑞宣：钱伯伯，仲石的事儿……

钱默吟：我已经知道了。

祁瑞宣：这早晚得查出来，您也得走。

钱默吟：走？

祁瑞宣：这可是灭门的事，还得避一避。

钱默吟：我没有地方去，这是我的家，也是我的坟墓。日本人把刀架在我的脖子上，我若躲开了，那是给我的儿子丢脸。好了瑞宣，不说这个了，有事你再来找我。

【黄包车的铃铛声，清脆的响起

【小崔拉着冠晓荷进了胡同

【冠晓荷赶忙下车，给祁、钱二位施礼，瑞宣还礼

冠晓荷：呦……二位都在这儿呢。瑞宣先别走，钱诗人请留步！

【钱默吟没搭理冠晓荷，转身准备进院

【冠晓荷搭讪着拦住钱默吟

【冠晓荷向钱默吟深施一礼

冠晓荷：我找你们正有事要商量。来来来，我尊您一声钱

诗人，是因为我格外敬重您的诗文才情。我要说的是，您、我、还有瑞宣，咱们三个组织一个诗画社，因为这日本人也喜欢吟诗作画，艺术是没有国籍的，咱们出来做事儿，消极能保身，积极能交上个把日本朋友，日后图点儿发展。

祁瑞宣：冠先生，依您的意思，咱北平城就永远让日本人占着？

冠晓荷：咱们都希望中国能用武力阻止外患，不过打不过人家，这是明摆着的吧。北平无疑得先让人家占着。

钱默吟：作为中国人，不能抵御外患已是奇耻大辱，难道还要甘于受辱而自乐吗，真是奴颜媚骨的奴才，不知廉耻的走狗！对这种假平安真妥协的做法，我的内心是无法忍受的。瑞宣，我先进去了。

祁瑞宣：钱伯伯，您慢走。

【钱默吟给祁瑞宣施礼，进钱家

冠晓荷：睚眦必报，斯文扫地那样儿，你看看你哪点儿像个中国知识分子，干什么呀这是！瑞宣，你不会比他还牛吧，你给我评评理，要不然咱俩一块干。

祁瑞宣：冠先生，我实在不敢望您的项背，承受不起。

【祁瑞宣，走进自家院门

【小崔，一旁笑出声来

冠晓荷：你笑什么？

小　崔：呵呵，冠先生，我是说您别生气。

我有能力让大家都平衡住,明眼人应该能看出来。我在排练的过程中,每天排练场40多口子人,演员也忙,顾着自己的角色。可能没有人来考虑改编者的内心。所以我在排练场里面,不显山,不显水。大家看到的是一个只坐在那喝茶,一个看上去比较弱智的导演,也不提要求。很多经过老现实主义排练方式的演员,就不满足。因为他觉得不提要求,不告诉应该怎么弄,就不过瘾。因为编导是一个人,在做改编过程中,我注意到了九个明星的戏份,我都考虑进去了。但是我也不能说,因为考虑明星会削弱剧情。我只能说是更巧妙地让他们来陪衬这个戏。

(选自《国话研究》"田沁鑫:我有能力让大家都平衡住"/采访者:梁伟)

冠晓荷:我不生气,生气多失风度和水准啊!小崔,拉我去你们界壁儿小文他们家去。

小　崔:得嘞!

【小崔拉冠晓荷欲走,大赤包声音传出

大赤包:你给我回来,你别以为我不知道,你见天往钱老头那儿跑。我正想告诉冠晓荷,是他瞎了眼,祖上不积德,淘换了你这么个破烂货!姓钱的给你讲两句大道理就以为你自己是个人?

尤桐芳:人家饶着你们冠家门就看得上我一个人,谁不知道谁,你们上杆子巴结人家,人家还不稀罕呢!

小　崔:冠先生,您坐好了。

冠晓荷:小崔,我们家桐芳真见天往老钱家跑吗?

小　崔:敢情,要是能听钱先生讲两句大道理,长学问!一般人想进那院还进不去呢,能让二太太进门,那是待见她。

冠晓荷:我怎么听着这么别扭啊。

【大赤包和尤桐方一起走出院门

大赤包:冠晓荷,你给我回来!你拐弯抹角地……

尤桐芳:去小文家……

大赤包:是听戏呀?

尤桐芳:还是看戏呀?

大赤包:是瞧《散花》啊?

尤桐芳:还是看《醉酒》啊?

小　崔:嚯!女双口儿。冠先生,您俩老婆等您呢。

【冠晓荷,下车

冠晓荷：哟，今儿是什么日子口呀？让二位夫人这么同舟共济。哦，我明白了，这上海一开打，所有北京人都团结起来了。

大赤包：别在外面散德行，进屋去。

尤桐芳：那也比你在外头抽羊角风强！

冠晓荷：怎么茬儿，这刚同了船就要跳河？唉，桐芳我问你，你是见天往老钱家跑吗？

【大赤包一旁冷笑

尤桐芳：冠晓荷！敢情你们公母俩合起伙儿欺负我一人，我就一唱玩意儿的，我怕谁啊？我这就回屋搬铺盖卷儿住到钱家院里头去！

大赤包：不送。

【尤桐芳进冠家

【冠晓荷，追其进屋

冠晓荷：唉，尤桐芳，我冠某人待你不薄啊。他钱默吟一糟老头子，他能勾走你的魂儿？新鲜！

小　崔：哎，冠太太，我那个⋯⋯

大赤包：小崔，别老散碎银两，回头我包你整月的。

【大赤包，进院

小　崔：我还不愿意伺候呢。

【小崔，拉车胡同口下

【冠家院内

冠晓荷：不像话，她这明摆着是欺负我。

大赤包：自找的。

冠晓荷：夫人，冠某我算是白活了半辈子，平时我请客送礼打茶围，没谁不对咱竖大拇指，可真到了要紧的时候，连个官我都补不上，桐芳她才敢这么气我。倒霉政府迁南边去了，让我吃挂落儿到今天，要是在……要是在家里还不给我面子，那我不如直接解裤腰带，我上吊得了我。

大赤包：瞧你那点儿出息，这才哪儿到哪儿啊。

大赤包：这个家就我知道疼你，我不会像那小妖精似的在你危难的时候落井下石。你过来，你立马去宪兵司令部报告，钱默吟的儿子在南口摔死了一车日本兵。

冠晓荷：听谁说的？

大赤包：招弟。

冠晓荷：那招弟又是听谁说的？

大赤包：小妖精。

尤桐芳：背后戳人脊梁骨声音也不小点儿。

大赤包：你放心，不该你听着的你一句都听不着。晓荷，你给我过来。你现在就去宪兵司令部报告，这可是你的一条进身之路。

冠晓荷：夫人，你叫我贪赃枉法，收受贿赂，这个我敢干。可是你让我挺着胸直截了当的去杀人。这个，我得想想……

大赤包：冠晓荷，这样的缺德事儿你要是干不出来，那我送你八个字：兴不了家立不了业。你要是想上吊你不用解裤腰带，横竖你爱怎么死怎么死。要不然你就让小老婆戳着你的脊梁骨，睁着眼儿活着

泼辣的大赤包

信佛的冠晓荷

当窝囊废。

尤桐芳：我可又听见了。

大赤包：你耳朵怎么那么长啊？

尤桐芳：冠晓荷，她这明摆着是欺负你。

冠晓荷：尤桐方你少说两句，好人都是被逼急了才变坏的，我冠晓荷说了句真理。

大赤包：那你到底是去还是不去？

冠晓荷：这是害人，夫人，钱家会被抄家的。

大赤包：管好你自己的前途，管人家抄家不抄家的干吗。钱老头还少给你吃钉子啦？这就是机会啊。还有你那个不着调的闺女……

冠晓荷：哪个？

大赤包：冠高第。她早就看上钱家那开车那臭司机了。要不是我拦着，还没过门就先当寡妇了。

冠晓荷：嘿，我这搓火！

大赤包：谁说不是呢！

冠晓荷：你这消息真不真哪？

大赤包：小妖精听来的，要不然你再问问她去。

冠晓荷：尤桐芳又是从哪听来的？

大赤包：保不准钱家老头自吹自擂散的呗。

冠晓荷：嘿，尤桐芳！我待你怎么样，你拍拍良心你算算！

尤桐芳：你们说话老捎带我干吗？

大赤包：捎带你怎么了？

【尤桐芳，里屋出

尤桐芳：呦，姐姐，你跟这儿装佛呢。
【尤桐芳推倒大赤包
大赤包：你这个动作有点大啊。你别不分大小，长幼尊卑的啊。
尤桐芳：我告诉你冠晓荷，当着人我给她点面子，关上门我还给她脸啦。
冠晓荷：二位夫人，怎么又打起来啦？
【冠晓荷，合拢冠家院墙

【鸽哨声起
【第二天晌午
【灯光照亮，祁家院墙，知了声响起，家中传了京戏声
【韵梅、天佑太太、瑞宣等在准备碗筷
【祁老人，里屋出
祁老人：顺儿他妈，都这晚了，这亲戚们怎么一个都没来啊？
韵　梅：啊……爷爷，亲戚们啊，亲戚们这不是远嘛，三六九城的，那还有郊区的呢，且得往这儿赶呢……
祁瑞宣：行了，别跟爷爷这儿瞎编了。爷爷，我跟您说实话吧，日本人提出净街，真要是净了街，亲戚们八成就来不了了。
祁天佑：瑞宣！爸，给您做寿，和初二、十六祭财神一样，不能马虎过去。

祁瑞宣：爷爷，他们不来也好。这日本人刚进城，来了亲戚们也打不起精神。

祁天佑：瑞宣……

韵　梅：爷爷，您那时候不是说，皇上出来才净街么，难不成日本人是要当咱们的皇上啊？

祁老人：唉，我在这不怎么待见的社会里边，活了整整七十五年了。什么事情我没经历过？你们都给我听好了，今年我是七十五，八十岁以后的事我听老天爷的，他什么时候收我回去，我一闭眼就走，你们要披麻戴孝把我送出城去。可八十人寿的事儿，你们得听我的。到那天，院子里搭上喜棚，胡同里摆上桌子，我得好好地过我的八十大寿。

韵　梅：是爷爷，咱好好过。但是今儿，亲戚们赶不来，别坏了您的心情，咱们一家子好好庆贺庆贺。

祁瑞宣：就是，爷爷。韵梅做了三大盘菜面。

韵　梅：是啊，爷爷。我准备了宽豆角炒肉丝、黄花木耳炒鸡蛋素的、猪头肉白菜。来来来小顺儿快来给太爷爷磕头。

祁天佑：来，祝太爷爷长寿吉祥。

祁老人：等，等。我就不信，这亲戚们能一个都不来。

【祁家院门，合

【祁瑞丰引蓝东阳、李空山走进小羊圈胡同

祁瑞丰：我爷爷认为我们家，就应当是个模范的稳稳当当一四世同堂，小羊圈里全须全尾的正派人家，有劲吗?

蓝东阳：没劲，死性巴拉的。

祁瑞丰：没错儿。

蓝东阳：诶，瑞丰，你不进去陪着你爷爷过寿去啊?

祁瑞丰：我得先把您交代我这事儿办完了不是。我最佩服的，跟蓝先生您一样，就是您今天让我引见的冠大哥。

【祁瑞丰拍冠家门

蓝东阳：再捎上我这位割头换颈的朋友。

李空山：李某正好公干，于公于私我都得见见这位冠先生。

【李空山敲冠家门，冠晓荷出

祁瑞丰：呦，真巧了。冠大哥，这是我们学校的教务主任。

冠晓荷：蓝东阳。

蓝东阳：老听瑞丰念叨您。

李空山：鄙人警察局特高科科长李空山。听说，冠先生对新朋友是特别的诚恳。对老朋友也是格外的热情。带人!

冠晓荷：带谁呀?

【钱家大门打开

【钱默吟被两个警察带出来

警察甲：走。

【钱家大儿子钱孟石、儿媳妇追出来

钱孟石：爸！你不能走，不能走！

【钱孟石紧扑住父亲

【一个警察一拳打倒钱孟石

钱儿媳：孟石！

李空山：钱仲石在南口摔死了一车日本兵。

菊　子：呦！

李空山：你要是也像他那么猖狂！

白巡长：老总，呃……我不认识您。他有肺痨。那个……扶他进屋去。

【白巡长扶钱孟石，和钱家儿媳妇进院

【钱默吟默然难受着，看着李空山

【李空山打了钱默吟一个嘴巴

【钱家太太被推搡出来

钱太太：默吟，他们拿咱们的东西呢，孟石怎么了，你们要把他带哪儿去？

钱默吟：看老大去，我去去就来，放心。

菊　子：瑞丰！

【瑞丰不语。钱先生转身看到冠晓荷

钱默吟：我二儿子殉难，想必他明白自己死的价值，就像每个人在这个世界上都像庙里的五百罗汉似的，各有各的位置，我的儿子应当去死，正如你应当卖人求荣一样，都是亡国篇中的截断。

祁瑞宣：钱伯伯。

蓝东阳：我是轻易不佩服什么人的，但是冠先生对生活的艺术、吃喝、妇女、权利的见解，实属天才。

冠晓荷：天什么才啊，我喜欢的是韬光养晦，现在就剩下我是跟演员不会红脸的导演。我说话语气比较温和。我没跟任何人红过脸、吵过架，说话从不带脏字。原来我还急躁一些，会提要求。但现在的我声音也不大，就这样。我想活长点，我不想把自己搞到筋疲力尽的层面。我的性别气质并不像男人，有的女导演会有强势的一面，会"男"一点。我不"男"。这次的排练其实是向老舍先生学习的一个过程，我可能做的不好，但我对老舍先生是有真感情的，能做到现在，我能说我尽力了。

（选自《国话研究》"田沁鑫：我有能力让大家都平衡住"/采访者：梁伟）

光了，哎呦我这个脸哟。

【冠高第、尤桐芳坐黄包车胡同口上

高　第：钱伯伯，我知道仲石和一车日本兵摔死了，可我还是愿做仲石没过门的媳妇。

冠晓荷：冠高第！

高　第：钱伯伯，我爸跟您太不一样了。当然，一个能生出摔死一车日本兵的人的爸，肯定与其他父亲不一样。

冠晓荷：你是我闺女吗？

高　第：您的服装面貌上，有一种无以名之的气息，就像一本古书一样宽大、雅静、尊严。

警察乙：别哂着了，走吧。

【钱默吟被推下、李空山随下

钱默吟：你们不用推我。

高　第：钱伯伯，您别伤心，您走好，您不能死了，不能让我见不着您了！

【冠高第哭起来

冠晓荷：你少在这儿丢人现眼！

【尤桐芳出来，搂住冠高第

【钱默吟被带走，警察、白巡长、李空山随下

尤桐芳：钱先生，我跟高第一样，等着您回呢！您可得活着，要不然辜负我们一大堆人。

冠晓荷：真不要脸，你俩给我家去！

尤桐芳：冠晓荷，你个臭狗屎，你臭狗屎，冠晓荷！

【尤桐芳和冠高第，追送钱先生，胡同下

【祁瑞宣挡住冠晓荷

冠晓荷：你干吗？
祁瑞宣：一切无聊，无聊的笑意，就是龇出你的牙来，无聊的一问一答，就是互相讨客气，无聊的眨巴你的眼睛，就是配合比你地位高的人去思考，无聊的一见如故，就是表现亲切。今天，你无聊到卖人求荣！投机利己！廉耻不讲！看上去白费的时间都成了你做可耻行径的机会。冠先生你还极力地会吹捧人……
蓝东阳：这止是冠大哥的本事，捧人那是需要相当的勇气。这位是……
祁瑞丰：这是我大哥。大哥，你干吗呀？就算你跟钱先生关系好，你也至于这么挤兑人家冠大哥啊。
祁瑞宣：冠先生，你有十足的勇气，勇气可嘉！因为你完全不要脸。
冠晓荷：你们谁能招呼我回家啊。
【蓝东阳、祁瑞丰扶冠晓荷回屋
【瑞宣站在当街，众人各回各家

【胡同安静下来（傍晚）

祁瑞宣：钱先生！北平城没了，好像舞台拉了幕，一场争斗结束了，可战争还没打完。政府继续抗战、军民得为国效忠，还要受多少苦啊？我猜不着。
【小顺儿从祁家出，走到胡同中
祁瑞宣：这时候我只想把自己交代清楚，我知道这不容易，虽然不能扛着枪到前线去杀敌或者到后方去做支援。可是我决定，在这沦陷了的城里边，不能因为做孝子而向敌人屈膝。我未来的苦难不会比人少，可是我很坚持。顺儿啊，这不是一件容易的事情，可我很坚决，无论受了多大的苦。小顺儿，爸爸得挣扎过去，一直等到北平城再看到青天白日旗的时候！

【画外：鸽哨的声音慢慢叠成蟋蟀声

小顺儿：爸爸，我要吃糖。

祁瑞宣：走，屋里有糖豆。

【瑞宣，拉着小顺回家

【白巡长，胡同纱幕后，上

（夜晚）

白巡长：各家各户听好了，净街了，有事没事可别乱出来，至于净街净多少时辰，得听日本人后边儿通知。各家各户听好了，有事没事的都别出来，净街了……

【白巡长净街过程中，日本人进城的脚步声传来

【暗场

第二幕　偷生

【起光

说书人：护城河里新放的水，水流得相当的快，靠岸的地方已经有了一些冰凌，淡淡的西山已不像夏天雨后那么深蓝，也不像往年秋日那么爽朗，而是有些发白，好像怕冷似的。杏花开的时候，台儿庄大捷了，而下一场酣畅的胜利却久久没能到来。

上海失守、南京陷落、武汉陷落、广州陷落，中日战争的战线愈拉愈长。日本人在长江吃了败仗，也没有打下长沙，所以他们更愿意牢牢地占据住华北。到了日本人纪念"七七"的那天，瑞宣请了半天假，他不忍看中国人和中国学生到天安门前向侵略者的阵亡将士鞠躬致敬。他恨不能把蒋委员长说过的"与山河共存亡"和蒋委员长又说的"决不放弃一寸土地"的广播马上印刷出来，分散给每一个北平人，可是他没有印刷的方便，只好躲在家里，暗自揣想，日本人说三个月可以灭了中国，而我们已打了四年，还将继续抵抗，只要被打的敢还手，战局必定会有变化。

孤舟北平的人们，谁都想做一点有益的事情，可无论帮助他人还是拯救自己，力量都是那么的微薄。因为出现了吃、喝这样迫切的问题，人们感到冤屈与耻辱，都在猜测未来的事情，将怎样变化。

【画外：天上传来飞机的声音

（中午）

【小羊圈胡同的风景，被附着上了一层灰黄，显得落寞、沉闷

【画外：飞机的声音增大，像在小羊圈上空盘旋

【程长顺，祁瑞丰，李四爷抬头看着飞机议论着

【小羊圈里的各色人等，都相继出来议论

李四爷：哎呦，大伙好好瞅瞅啊，这翅膀上画的是小日本儿的膏药旗。这小日本儿的飞机有日子没来了，怎么又飞回来了。

祁瑞丰：保不齐又有什么新动向呢。

程长顺：来它一千架飞机，炸他小日本。

小　崔：炸谁啊？满大街都是日本人，回头再把你给炸了。

四奶奶：小崔，留神让日本人听见。

小　崔：奶奶，那是他说的。

祁瑞丰：诶，我爷爷可再不提日本人仨月就走这事儿了。

小　崔：是啊，日本人都成咱邻居了。

菊　子：可不，我们家爷爷再不问咸菜酱菜缸的事儿了。

祁瑞丰：是啊，这不见天吃咸菜，我都瘦好几斤了。眼瞧着粮食都快没了，可你瞧人家冠大哥，人家还丰泽园伙计给走菜呢。

【冠晓荷，冠家出

冠晓荷：各位街坊好，吃么您呢？

四爷爷：我这儿还饿着呢。

【众人正散去，白巡长上场门上

白巡长：老少爷们都在呢，正好，这新政府给咱发小旗子，要学生们到天安门集会庆祝。

天佑妻：天佑，这首饰，拿去当了吧。

祁天佑：难为你啦。

天佑妻：路上慢着点。

白巡长：有愿意去的，到我这儿报名，不能去太多人，注意会场秩序，愿不愿意去的都得领这小旗子……

小　崔：白巡长，这飞机又飞回来啦，又要打仗了吧！

小　文：我就不爱听这打仗。

小文太：本来我还想跟你去趟上海，瞧瞧花花世界，拜拜码头。现在哪儿都去不了了。

白巡长：唉，还是有希望的，蒋委员长曾经说过与山河共存亡。蒋委员长最近又说过，绝不放弃一寸土地。

祁瑞丰：哎哟喂，蒋委员长可别再发狠话了，明摆着就打
　　　　不过人家。
菊　子：八成是要合了吧。
冠晓荷：小崔，拉我去趟天安门。
　　　　【李空山、蓝东阳，上前

　　　　【小羊圈胡同居民，手里多了小旗子，各自散去
小　崔：我就闹不懂这国民政府是干什么的，到处陷落，
　　　　还由着日本人性儿让他们庆祝。
　　　　【瑞宣、韵梅，祁家出

韵　梅：呀，要下雨了，要不咱甭去天安门了。

小　崔：祁大爷，您也去庆祝？

祁瑞宣：我去看看学生，看看这政府，还能为百姓做点儿什么。

小　崔：冠先生，我拉祁大爷了。

车夫一：洋车还不有的是。

【画外：雷声沉闷，下雨了

【五辆黄包车，由车夫停放在胡同口

【五辆黄包车上，蓝东阳、李空山、祁瑞丰、冠晓

冠晓荷对日本人给官做充满了希望

荷，打伞、或披雨布，坐上黄包车
【祁瑞宣，孤独地坐在小崔的黄包车上
【雨越下越大，仿佛广场喇叭的声音混合着雨声，乌乌突突地喊着"庆祝华北政府成立"，"中日亲善"

冠晓荷：你帮我垫着点儿，我没别的意思，我是要给台上的人们行个礼！

车　夫：台上的人是尊驾您爸爸啊！

祁瑞宣：学生越来越多了，那深红的墙与高大的城楼仿佛也越红越高。大中华的历史上，从来没有过成千上万的学生在敌人的面前庆祝亡国的事实。天安门是一座庄严、美丽的山。学生、日本人、旗帜、巡警、宪兵，这些原本联不到一起的，都仿佛梦似的联到了一起。多么体面的城啊，多么可耻的人！

冠蓝祁李：（合）会开得很好，下着雨，扬着脸，还每个人发了一块昭和糖。

【音乐起
【洋车跑了起来
【雨，逐渐停歇
【天晴了

冠晓荷：我这一下车天都晴了，知道家里有喜事。瑞丰，招呼菊子麻利儿过来。

祁瑞丰：唉，我先回家和我爷爷请个安，一会就带菊子过去。

【瑞丰，进祁家

【冠家女眷在冠家门口迎接客人

大赤包：几位辛苦了。

蓝东阳：给夫人……不，给冠所长道喜！

大赤包：客气了，客气了。

李空山：贵府冠夫人荣升织女检查所所长。

冠晓荷：今天是夫人荣升的大日子，我特意订了便宜坊的鸭子，答谢空山的引荐之功。里头请……

【众人进冠家，门外剩大赤包与李空山

大赤包：空山，您说帮我办了这么大的事，我可得怎么感谢您啊。

李空山：那答应我的事，您可得帮我办啦。

大赤包：放心吧，我替你办，我不是翻脸不认账的主。

李空山：那我提前管您叫丈母娘了。

大赤包：呦，别介！

【大赤包拉冠家景片
【瑞丰、菊子从祁家出
（傍晚）

菊　子：瑞丰，今天有什么好吃的啊？

祁瑞丰：便宜坊的烤鸭子。

蓝东阳：咱们为什么吃便宜坊的鸭子，不吃全聚德的啊？

冠晓荷：全聚德的是挂炉烤鸭，便宜坊的是焖炉鸭子。这才叫会吃。

菊　子：忒好了！我这见天吃咸菜，吃得我这胃里直犯酸水儿。

　　　　　　【瑞宣，胡同口出，回家
菊　子：哎呦，大哥您回来了。
祁瑞丰：大哥，也跟我们去蹭顿好的吧。
祁瑞宣：我知道人为什么能当汉奸了，就为了一口好的吃食！
冠晓荷：这年头什么都是假的，填饱了肚子才是真的。
　　　　　　【祁瑞宣进家门
祁瑞丰：这都哪儿跟哪啊？
　　　　　　【祁瑞丰与菊子进冠家
大赤包：就差你们两口子啦。
大赤包：里面请啊，姑娘把妈的大不列灰士奇拿来。咱们一醉方休啊。（给东阳介绍）东阳，这可是瑞丰的媳妇，菊子。
蓝东阳：哎呦，瑞丰太有福气了，找了这么一个白白胖胖的媳妇儿。
冠晓荷：行了，咱都进屋吧，别再外面晾着啦。唉，高第你不是喜欢新文艺吗？借着和东阳学学。
高　第：我不喜欢诗人，我就是喜欢开车的。
　　　　　　【高第，出门
冠晓荷：这都这么长时间了，你怎么还这么痴心啊。真够轴的。
大赤包：晓荷……

　　　　　　【冠家光暗，祁家灯亮
　　　　　　【祁家，韵梅坐在马扎上拿着一件皮袍为难

韵　　梅：瑞宣，帮我想个主意，这可怎么办啊？

祁瑞宣：你怎么了？

韵　　梅：爸让我帮他把这件皮袍子当了。

祁瑞宣：皮袍子当了，眼看秋凉了，就到冬天了，爸穿什么呀？

韵　　梅：爸说店里生意不好，又不愿辞退伙计，所以他把挑费都包了。

祁瑞宣：你把这袍子先搁回去，我去跟我妈要些首饰先当了，这年头也用不着头面。

韵　　梅：妈的首饰已经当了一部分了。

祁瑞宣：家里钱真这么紧了吗？

韵　　梅：你净想着国家的事，这家里都有小两年维持着了。

祁瑞宣：那我交给你的薪水呢？

韵　　梅：那日常家务都花了，这还不够呢，我拿账本给你看。

祁瑞宣：行了行了，啰里啰嗦的。

韵　　梅：我是个闲人，张着嘴吃饭，扎着手不挣钱的，是啰里啰嗦的。

祁瑞宣：我手头也没闲钱，那你再拿出点儿私房钱，先替爸支应店里。

韵　　梅：我就那么点儿钱了。

祁瑞宣：你喊什么喊？生怕爷爷听不见啊。

【韵梅坐到门口的小凳子上，委屈的哭

韵　　梅：我那点儿私房钱是留着等咱俩老了，替儿女们省心给咱俩换棺材使的。我说我心里最近怎么总是不踏

　　　　　实，八成是跟国家出这么大事有关系，反正就是不踏实。而且最近我老爱数钱，我不是个贪财的人，可我每天晚上都会关起门来打开箱子，数我陪嫁的那五六十块现洋，都是"人头"的，每一块都亮晃晃的，上面有个胖胖的袁世凯。我没见过这个袁世凯，可是，有了他，这些凉硬的银块子就不一样了。我想袁世凯是财神下凡，保佑我这钱别跑喽。为了这一家老小我都动了我那私房钱了。钱越数越少，今天垫两块明天垫两块，越垫越少。我瞅着袁世凯在银元上那么富态，我舍不得。得了，那我再拿出点来吧！

祁瑞宣：成，别哭了。要不我也劝劝爸，生意做不下去就别撑了。

韵　梅：那我先把袍子拿咱屋去，过两天你再跟爸说是你赎回来的。

祁瑞宣：我去爷爷屋里请个安。

韵　梅：那你找点儿有乐子的话说。

祁瑞宣：知道了。哦，那什么，你准备点儿水、干粮什么的。小三要出趟远门。

韵　梅：去哪啊？

祁瑞宣：出城。西山。

韵　梅：啊？我听说打日本人不是都在西山……

祁瑞宣：小点声，他就是去打日本人。

韵　梅：啊？那可是要命的事儿啊！

祁瑞宣：这年头，呆在城里，也未必活得了。

韵　梅：那爷爷的八十大寿他还赶得回来吗？

【瑞宣，进里屋爷爷房间

韵　梅：我问的没错儿啊。看来我得多备点干粮。

【祁家，光暗

（深夜）

【冠晓荷把冠家景推开，众人围拢喝着酒，音乐起

【众人都喝多了，跳着舞

蓝东阳：给冠所长道喜。

冠晓荷：东阳你喝多了，你都道了八百回了。

蓝东阳：给冠所长道喜。

蓝东阳：给冠所长道喜。

大赤包：行啦，你们这都真真假假的，哈哈哈……都喝高兴了吧？

众　人：高兴……

大赤包：东阳，我们这织女检查所的管理，还烦你多出主意啊。

蓝东阳：不敢，依我看，这织女之名取得最为曼妙。

菊　子：大姐，织女是干什么的？

李空山：织女，就是牛郎的老婆！

【祁瑞丰和李空山，怪笑出了声

冠晓荷：不才，取这个名字正是鄙人的主意。

蓝东阳：牛郎织女天河配，从名称上就抹去了妓女的俗艳。

菊　子：妓女……

汉奸们喝多了，群魔乱舞

蓝东阳：织女！冠先生真是有才！我沿着您的文思思索下去，便想开了一条商机！该借着织女检查所的建立，盖一处新的旅馆。

菊　子：哎，有意思，说说什么新鲜玩意儿？！

大赤包：说说。

蓝东阳：这个旅馆里，不但住客可以打牌、吸烟、可以找女人。这个旅馆里的设备还应该是北平城里头装潢最骗人的，外表最出色的，完美舒适的专接贵客的场所，还有头等的姑娘伺候着。

祁瑞丰：好，真好，忒好了！

菊　子：你激动什么啊？

冠晓荷：包房间需得雅致、舒服，从桌椅到板凳到字号，都要雅，像琴馆啊、迷香室，天外楼、绿芳园，空山，你说呢？

李空山：嗯，听着不赖！

大赤包：祁科长，您觉着呢？

祁瑞丰：啊……

菊　子：我替他说了吧，他当然觉得不错，他还乐意掺和呢。

祁瑞丰：菊子看我忒紧，我哪儿掺和得着啊。就是看上好的，我也不能随便乱摘啊。

冠晓荷：酒后吐真言啊。

菊　子：你看他不打自招那样！大姐要是不嫌弃我，我想搬过来陪您住住，帮您打打下手！顺便我还能见天儿不错眼珠儿的看着他。

大赤包：这哪是来帮我打下手啊，分明就是想看着他，我帮你一块儿看着他。

冠晓荷：(对瑞丰)你做，你做。

祁瑞丰：你，你做……

冠晓荷：这个旅馆得有个经理。

大赤包：东阳，你可愿意屈就做个经理吗？

蓝东阳：我愿意。

大赤包：(唱)一见皇儿跪哀尘……按东阳说的，把好吃好玩儿的都聚到一处，不就是个新世界么？这个新世界得成为全北平男人的盼想儿。

蓝东阳：所长，你们家太好玩啦！

大赤包：国家已经改朝换代，我必是开国功臣。我，必能把握得住社会的新精神；我，必能把娱乐、生意、权柄捏咕到一起，让他们蜜里调油不分彼此。真高兴！这个城里该从我们这儿兴起点儿娱乐活动，给这个城里的倒霉百姓也添点儿新乐子。我必得大锣大鼓地干起来！

菊　子：大姐真是好气魄！

蓝东阳：女中豪杰！

祁瑞丰：巾帼英雄！

李空山：……呃，对！

大赤包：东阳你在新民会，瑞丰进了教育局，空山是警察署的科长，我，得了个所长的职务。在这个建功立业的时代，我们得互相团结，互相利用，互相拉扯着踩咕挡在我们前面的人，互相提携照应

大赤包放豪言,引得众人一片叫好

着,稳妥地,损人利己地打开自己的天下。

祁瑞丰:啊?

大赤包:你们不要认为我说了几句利于自己的话我就是个德行人,谁要是心里这么想,嘴上不敢说,谁他妈就是怂包!

祁瑞丰:大姐,我就喜欢你这脆生劲儿。

大赤包:我只是敢说真话而已。不要鼓掌了。在这个家里每个人都要有事情做,有权有钱的去创造一股新势力,叫敢说不敢做的人,敢想不敢干的人,甚至于日本人,都听我们的派遣!

【除李空山、冠晓荷外,众人鼓掌叫好

【大赤包满意地倒着气,晕倒,众人忙扶起
【尤桐芳,里屋出
尤桐芳:呦,这还不把地砸一坑啊。什么破玩意儿啊,乌烟瘴气的。
冠晓荷:桐芳,你怎么说话呢!
【钱家传出哭声
冠晓荷:哟,我后脖颈子发凉。
大赤包:怂包,心里没病怕什么冷年糕。走,喝酒去。
冠晓荷:你没病?!你这叫胡说八道!

汉奸们后脖颈子也会发凉

【祁家院内，祁瑞宣、韵梅，听见钱家的哭声，从小屋走出

祁瑞宣：钱家人怎么哭成这样。

韵　梅：自打钱先生出事，这条胡同就没消停过。

祁瑞宣：我去看看。

韵　梅：你去了也没用，反而让人家心里难受。快睡吧，明儿还送小三儿呢。

祁瑞宣：这叫什么事儿啊！不行，待会儿还是得去看看。

韵　梅：行，听你的。

【祁瑞宣、韵梅将祁家院墙合拢

【冠家院墙也一起合拢

冠晓荷：（追尤桐芳出门）桐芳……

尤桐芳：起开！

冠晓荷：桐芳啊……

尤桐芳：你进屋鼓掌去啊，跟着我干吗啊？不愿意搭理你。

冠晓荷：我给谁鼓掌？我去给蓝东阳鼓掌？你帮我分析分析，你说她怎么就把经理给了蓝东阳呢？

尤桐芳：你活该！你那些个狐朋狗友给谁不是拆你台的王八蛋呢。

冠晓荷：我心里头怎么这么别扭呢。你说我怎么就忙活不出个一官半职呢。白亡国了。

尤桐芳：我再说一遍，你活该！

【冠晓荷，尤桐芳看见在钱家门口坐着的冠高第

冠晓荷：嘿，你坐他们家门口哭哪门子丧啊！刚才是你哭的吧？

高　第：不是我。

冠晓荷：不识相是怎么着？想展览是怎么着？你不想让你爸我活了！

高　第：有人不让您活，您也用不着自个儿在这儿来找死！您要不是人，我可不就是王八蛋吗？

冠晓荷：嘿。你个小丫头片子，找抽啊！

尤桐芳：你干吗？干吗啊！是你把钱家人给卖了吧。你喊什么啊，你还有理啦？

【冠晓荷追打高第，尤桐芳拦住冠晓荷

高　第：您用不着打我，省省吧您。我今儿就从你们冠家搬走！

冠晓荷：你搬哪儿去？

高　第：我住旅馆去！

【高第和尤桐芳一起进院

冠晓荷：你去哪家啊？你等两天再去，咱家正商量开旅馆呢，你到时候挑间好的！

【冠晓荷追高第进院

冠晓荷：哎！我这门环哪儿去了？嘿，谁偷的！

【四人，抬棺材从胡同上

冠晓荷：谁看见我门环……？

【冠晓荷，看见棺材停放在钱家门口，吓回到屋里

（第二天晌午）

【鸽哨声响起

【天气更加昏黄，只有钱家门楼发着青亮的白光

【一口棺材放在钱家门前

【李四爷拿着一件衣服走出钱家大门

【祁瑞宣与祁瑞全，祁家出

祁瑞宣：四爷爷，这一宿，您累坏了。

李四爷：瑞宣，你说钱大少爷这么好一个人，怎么说走就走了呢？瑞宣，借着送钱家大少爷，正好把小三送出城，咱不能再等了。

祁瑞宣：是，不等了。走一个是一个。

李四爷：咱可说好了，待会儿把衣服换了。出了城，你替了抬杠的就算完事。

祁瑞全：知道了，四爷爷。

李四爷：千万别让你们老家儿知道了，知道了就走不成了。

【李四爷进钱家。瑞全将包袱递给瑞宣，冲家门磕了头。起身，欲走

祁瑞宣：小三儿……

祁瑞全：大哥，你回吧。你在这儿，我心里难受。

祁瑞宣：自己多留神！

祁瑞全：哎……

【瑞全跑下

【祁老人由韵梅扶出

【身穿孝服的钱太太和儿媳妇出

【邻居站在老人周围

【两位老人相视着

祁老人：钱太太……

钱太太：祁伯伯……

祁老人：您说钱先生这一百一十成的好人，怎么说抓就给抓进去了。

钱太太：祁伯伯，您看默吟还能够活着回来吗？

祁老人：要不咱们去找找冠晓荷？

钱太太：不，我丈夫一辈子不求人。

祁老人：我知道，您讨厌那个人。我也讨厌那个人，可是就他知道钱先生的下落。

钱太太：您别去，他不是个人。

祁老人：钱太太，您是个终年大门不出二门不迈的人，今天也出门了，还这么的刚烈！我想帮忙查询钱先生的下落是真心的，要不我这心里头堵得慌。

钱太太：您的心意我领了。别送了。

李四爷：起杠！

【棺柩被抬起，钱家大门被长顺、小崔缓缓推动，棺柩绕场一周，经过邻居面前，邻居鞠躬

祁老人：节哀顺变呐，钱太太！

【棺柩绕场一周，胡同纱幕下
【钱太太撞向棺材，暗场。众人在后面慌乱的尖叫着

钱儿媳：妈！

马姥姥：哎呦，钱太太您这是干什么啊？这是怎么话儿说的？

【起光

四大妈：哎呦喂，可了不得了，钱太太朝着棺材一头撞去，死啦！

马姥姥：钱家儿媳妇也晕过去了。

李四爷：哎呀老伴儿，别号丧了。我说前面护国寺庙里能停灵，但是不收没棺材的死尸啊。小崔，你麻利儿拉你四大妈到东直门关厢赊个火匣子。

小　崔：得嘞。

【小崔，跑下

李四爷：瑞宣，赶紧去央告护国寺，让他们应下咱这火匣子在他们这庙里暂停两天。

祁瑞宣：放心吧。

【瑞宣，跑下

李四爷：换棺材不换，这后事儿怎么打理，咱们得商量着赶紧拿主意。我说，赶紧走吧。

【高第拉着四大妈

四大妈：（对高第）你老跟着我干吗啊？你们老家儿怎么不去死啊，小崔，麻利儿地走着！

【小崔，拉四大妈跑远

【高第奔向钱家大门哭了起来

高　第：钱伯伯！我、我想死你了！

【高第，胡同口跑下

【李四爷和祁老人望着众人跑去的方向

李四爷：唉呀，我替人家出殡、抬杠一辈子，还真没遇见这么挠头的事儿！

韵　梅：四大爷，您喝碗水。

李四爷：我不喝了，我得赶紧去看看。

　　【李四爷胡同下

　　【招弟，李空山上场口出

李空山：二小姐……

招　弟：你老跟着我干吗啊？

李空山：我没法不跟着你。过两天，这西单牌楼有赈灾的义务戏上演，属于我的管片儿，没有一家戏园子老板不敢哈着我的。二小姐，我让你连唱三天。

招　弟：真的啊？可是我拢共才会半出折子。

李空山：只要你肯上台，就是放个屁给他们听听，也得红！

招　弟：空山哥，你太有戏了！

李空山：咱叫谁唱开场，谁就得开场，叫谁压台就压台，不服？咱有枪。

招　弟：对了，那我的行头呢？

　　【李空山扭住招弟的手

李空山：投财买脸的事，我会替你做到家，会是崭崭新顶体面的。

　　【李空山摸了一下招弟的脸

招　弟：别这儿动手动脚，我喊人了。

李空山：你喊，喊出来叫他们都看看。

招　弟：你别忘了，我妈许给你的是我姐。你如今招呗我算怎么回事儿？

李空山：你姐长的臊眉耷眼的，我看不上她。

招　弟：不许那么说我姐。

李空山：见了你我眼里哪儿还有她呀？

招　弟：讨厌！

【李空山一把将招弟揽入怀中，拉着她朝胡同深处走去

招　弟：你干吗啊，这黑灯瞎火的。

【招弟和李空山下

【夜幕低垂，蛐蛐声起，小羊圈各家灯光渐起忽明忽暗

（夜晚）

小　崔：姓冠的把钱家折腾的家破人亡，那钱先生也不说回来瞅瞅。

小崔妻：你糊涂啦，钱先生抓在大狱里。他要是能回来，还不早就回来了。

小　崔：彻底黑了心了，混蛋王八蛋的冠晓荷！

小崔妻：咱惹不起人家，快躲着点吧。

马姥姥：听说要收铁，没有就折价，4块钱一斤？

程长顺：这世道真是黑了心了，黑了心了。

【祁家小院光起

韵　梅：以前吃白面，后来吃玉米面，现在吃混合面；我把高粱、糠、谷子都混合上了，可妞子嗓子眼儿细，怎么也吃不进去，吃了就往外吐。瑞宣，你看这孩

子，瘦得快剩一把骨头了，最近老嚷着饿，妈的肉啊！

祁瑞宣：这日子越过越没劲，我想出城去。

韵　梅：你说什么呢？

祁瑞宣：我说，我想出城抗日。

韵　梅：我和你妞子饿，你还说出城抗日。

祁瑞宣：国破，家必然得亡。

韵　梅：我听不懂这个，我只知道大人饿两顿没事，孩子可不能亏着。

祁瑞宣：所以，我真想走。

韵　梅：你还说？

祁瑞宣：我留下来，粮食该没也得没啊。

韵　梅：你就吓唬我吧。小三儿走了，你再走了，真要饥荒来了，我们一家老小可怎么过啊？

祁瑞宣：一家老小找谁去啊……我不走，我就是说说，你再不让我说说，我就憋死了。

韵　梅：你可不能死了！

祁瑞宣：谁说我要死了！

韵　梅：我知道你急，咱再想想法子啊。原来我信爷爷的，日本人早晚得走。可到了这时候，这日本人还不走。还是妈说的对，日本人长的直眉瞪眼的，跟那不懂事儿似的。瑞宣，用你的词怎么说来着？不识相！还怎么说来着？不知好歹。瑞宣，用你那词骂他们两句。让我解解气。

祁瑞宣：骂没有用，只有出城去抗日！

韵　梅：你怎么又说回来了，早晚让你吓出病来。

【晌午
【祁瑞丰和祁天佑说着什么进院

祁瑞丰：嘿，这回好哎，不用敲门了，门环没了。爷爷，大哥……

【菊子，从里屋出

菊　子：祁瑞丰，你还知道回来啊你，你干吗不干脆住界别儿三号院去啊！

祁瑞丰：你那么大声干吗啊，你怕爷爷……你看，爷爷您全都听见了。

菊　子：我就是说给爷爷听得，爷爷，我也忍他忒久了。爷爷……爸……大哥……你们也给我评评理，自从三号院那大赤包当上了窑姐司令，他就见天泡人家家啊。

祁瑞丰：你瞎说什么啊你？

菊　子：祁老二，你刚利用我混上了科长，你怎么着，良心就让那母狗叼走啦！

祁瑞丰：你说什么呢……

祁老人：老二，你怎么回事？

祁瑞丰：爷爷，您甭听她瞎说，我是过去看看人家冠先生。

菊　子：看个屁！你就是想早早搬那小东屋去……

祁天佑：怎么着，瑞丰，你想搬走啊？

祁瑞丰：我……哎？那不是你说的搬出去单过吗，爸那是她说的冠家的四合院比咱们家好。

菊　　子：可如今那冠家现在就是一个妓女窝。

小顺子：二婶，你要当妓女啊？

菊　　子：呸！跟你二叔一个样，不学好的东西！

韵　　梅：弟妹，你们两口子吵架，别拿我们孩子撒气。连我们家小顺儿都知道哪家是体面人家，谁家的门不能进。

祁瑞丰：哎，大嫂，你夹枪带棒的什么意思啊？

菊　　子：就是，你什么意思啊？我们夫妻俩吵架，用得着你这儿瞎挑拨吗？别以为你把持着家，就可以拿我们当小菜碟似的欺负啊。

韵　　梅：弟妹。我不是这个意思。

菊　　子：别以为你心里那点小九九怎么盘算的别人不知道，那天你从爸屋里偷了个皮袍子出去当，你以为谁都没瞅见？还好意思数落我们。

祁老人：恩？不能啊？我们祁家还没到当东西的份呢！

祁天佑：行了。爸，那皮袍子是我让韵梅当的

韵　　梅：爷爷，爸的皮袍子真在我屋呢，回头拿给您看，您说的对，咱家还到不了当东西的份儿。弟妹，下回你瞧清楚了再说啊。

菊　　子：呦，太对不起了，可冤枉贤惠人了。

祁天佑：老二家的，不是我说你，你还真得学学你大嫂，没事儿多替这个家想想。

祁瑞丰：爸，您说的对。就得好好管管她。

祁天佑：你闭嘴吧你。

菊　　子：嘿……合着就我不是东西了。你们一家子合起

菊子一直都是祁家里的"另类"

来欺负我一个是吧？哎呀，我不活了，活不了了……

祁瑞宣：老二，这成什么样子了，你赶紧管管。

祁瑞丰：大哥你别拦着我，我不正要管她呢吗？看我今儿不收拾你。你瞧你那撒泼打滚那样，你哪还有一点女人样？赶紧滚回屋去。

菊　子：我没女人样，对那街边三号院都有女人样，是吧。

祁瑞丰：你要是在这么不嫌丢人，我他妈休了你。

菊　子：休了我？笑话，祁老二，你听好了，我要跟你离婚。你们还都别拦着我。

【众人未动，院外李四爷朝祁家走来

菊　子：嘿……行，姓祁的，你给我听好了，出了这门，我马上就销户，你们家就更少了一份口粮，领粮证上明明白白写着呢，六十岁以上六岁以下的没粮，你们根本就不算人！饿死活该！

【菊子摔门而出，祁瑞丰追

韵　梅：弟妹……

祁瑞丰：嘿，你给我回来。看我不收拾她。

祁老人：站住！谁也不许追！

【李四爷进门

祁瑞宣：四爷爷。快，屋里请。

李四爷：老哥哥，您这家里头可够热闹的，我改天再来吧。

祁老人：老四，留步。我正要找你呢。你可是里长，我问你，怎么回事儿啊？凭什么没我的口粮啊？这是

　　　　　谁的主意啊？

李四爷：老哥哥，这能是我的主意么？其实我今天来是想跟您说说，这里长我是没法干了。

祁瑞宣：啊？为什么呀，四爷爷。

李四爷：哦，谢谢。现在大家这么难，连门环都快让人给收光了，上边还让挨门挨户的收铁，收不上来就得蹲监狱，这多混蛋的决定！还有这领粮证，规定上说六十岁以上六岁以下的没口粮。老哥哥，那像你我这样的就直接饿死完事！

祁老人：往后啊，咱们都把脖子扎起来得了。

四爷爷：对，喝凉水。

四爷爷：老哥哥，这里长，我请辞！做里长的都多余出一份口粮，我也不要，给大家伙做出个表率，不能为那口嚼鼓儿让街坊四邻戳那脊梁骨。老哥哥，得嘞，您想开了。我先告辞一步。

祁老人：您有空家来坐。瑞宣，送你四爷爷。

李四爷：您留步。

　　　　【祁瑞宣陪李四爷出院

祁老人：去，把那筐给我找出来！

祁天佑：爸，您这是干吗呀？

祁老人：我要上街做小买卖去，我怎么的也能养活自己。

韵　梅：爷爷，您这是干吗呀？！

祁老人：我不能和孩子争食啊。

祁老人：远的走不了，我就在近的；重的挑不动，我就弄点儿糖豆儿唔的，一天八成还能赚个三、五毛

韵梅一直是祁老爷子觉得最乖巧的媳妇

的。放心吧,我饿不死。庚子那年,我还卖过枣儿呢,去,你把我那筐拿来……

祁瑞丰:您那筐横是搁都搁烂了。

祁天佑:你给我闭嘴!

祁瑞丰:都有气,凭什么都冲我来啊。领粮证怎么发,那不是我说的。还有,爸,您甭指望我能给您能找出个即漂亮又会说话又不要几个钱儿的妓女,您不能怪我没尽心,我要是不当个正经事儿,我能见天往冠家跑?爸,你也看清楚了,菊子那边你得给我说清楚了呀。

祁老人:恩?天佑啊,这怎么回事儿?

祁瑞丰:爷爷,我爸让我去街边三号院找大赤包拆借俩妓女当女招待,还火急火燎的,您给评评理,这是着急的事儿吗?

祁老人:这女招待是怎么回事儿?

祁天佑:爸,铺子里生意不景气,我说设个女招待,摸个彩什么的兴许买卖能好一点,没别的意思……

祁老人:你这么个老实巴交的人,怎么也能动这种噶杂琉璃球的斜脑筋呢?

祁天佑:爸……

祁老人:你从小,我怎么教育你的。

【音乐起

祁天佑:爸,铺子再这么开下去,离关张就不远了。我是个当掌柜的,全凭生意好,才能聚人气儿养伙计。可是,这年月,我没进项,我看着伙计们可

　　　　　怜呐，我不能在我困难的时候就惦记辞人，我也
　　　　　是没办法……

祁老人：什么年头啊？都怪我，怪我这老不死的废物。

　　　　【韵梅从里屋拿出钱来递到公公手里，祁老人回屋

祁瑞丰：爷爷，您别生气，您进屋歇着吧。

祁天佑：爸……

韵　梅：爸，您千万别着急，这才哪儿到哪儿啊，我这儿
　　　　 还有点钱，您先垫给铺子里应急用。

祁天佑：闺女，难为你啦。

祁瑞丰：呦，大嫂的，她有钱。

祁天佑：呸！

祁瑞丰：爸，您别着急，我冠大哥答应我了，得再等两
　　　　天，您也知道那些妓女认了大赤包当干娘，可没
　　　　认冠大哥当干爹。再等两天，再等两天，一准儿
　　　　成。

　　　【音乐收
　　　【祁家小院逐渐合拢，瑞丰推
　　　【蝉鸣声起
　　　【冠晓荷、蓝东阳从钱家门出，日本住客将他送出
　　　　门来

冠晓荷：您的，请回。踏踏实实得住着，有事儿您言语。
　　　　我的，随叫随到。东阳，他们这什么意思？

蓝东阳：咱们不走，他们不会回去的。

冠晓荷：这样啊，那咱们先走。我们的，走了。

谁演祁老爷子是李东跟我一起商量的，最后觉得雷恪生老师合适，雷老师现在演话剧最多，年龄也和祁老爷子相仿。实际他们在人物形象上有所差别，祁老爷子叫祁大个子，咪咪眼，很狡黠。显然雷恪生老师个子不高，形象气质上，和祁老爷子还不是很贴切。但雷老师是咱们剧院唯一75岁高龄还活跃在话剧舞台上的老艺术家，他演祁老爷子，会形成一个很自然的对应关系。从这个意义上讲，雷恪生老师演祁老爷子最好。

(选自《国话研究》"田沁鑫：我有能力让大家都平衡住"/采访者：梁伟)

蓝东阳：走了。

冠晓荷：哎呦，跟日本人打交道真不容易。

蓝东阳：还看着呢。

【日本一家依旧站在门口，目送二人

冠晓荷：赶紧进院儿。

【两人快速进屋后，偷看日本一家回屋，又跑回钱家门前。俩人学着日本互相鞠着躬，说着话

冠晓荷：东阳，人家日本人真讲究啊。

蓝东阳：讲究，讲究。

冠晓荷：真是啊。

蓝东阳：冠先生！我真是没法不佩服您。您怎么就看准了买宅子是北平城最一本万利的买卖。

冠晓荷：哎，我说东阳，咱这儿干吗呢？

蓝东阳：冠先生，您怎么就看准了买宅子是北平城最一本万利的买卖呢？钱家小院您给买下来，转手租给日本人，既稳妥又体面。

冠晓荷：我这是看明白了，到了哪朝哪代，人都得有房住。现如今的北平有多挤啊？政府里升腾了的、乡下打仗混不下去的，包括日本人，不都得住房？这年头钱不值钱，只有房子才是货真价实的产业。

蓝东阳：冠先生，您真是北平城的人尖子。

冠晓荷：不是跟你吹牛贤弟，东阳，大哥我呀，一肚子学问，不想怀才不遇！

蓝东阳：大哥，您一直扬眉吐气着呢！

冠晓荷：贤弟抬举。
蓝东阳：大哥谦虚。
【两人进了冠家门

夜晚
【尤桐芳、高第胡同上
尤桐芳：（唱）马嵬坡下草青青……
【音乐起，二人在钱家门口烧起纸钱

【冠家院内，大赤包数落着冠晓荷，蓝东阳、菊子在牌桌上坐着
大赤包：你们两个掉茅房里啦！
冠晓荷：我不是去看咱们的日本房客去了么？
大赤包：你就知道看日本人，我让你在胡同口迎李空山，你迎哪去了？我现在连李空山的人影儿都抓不着。
冠晓荷：啊？
大赤包：你啊什么啊？你没瞅见那姓李的盯着咱们家招弟看那眼神。招弟这大姑娘家家的，都不着家了，肯定出事儿了。
冠晓荷：夫人，谁让你当初为当所长给人家许愿呢！
大赤包：你埋怨我！你们冠家就我一个敢舔着脸跟人家要东西的！要完了我可以翻脸不认账！
冠晓荷：我闺女那是全胡同最好看的丫头，不能随便许人。

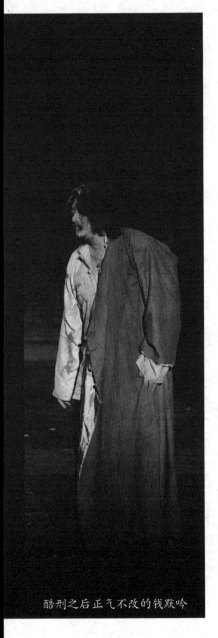

酷刑之后正气不改的钱默吟

大赤包：你还埋怨我！你有本事，你一个大老爷们儿，你把姓李的一个小科长捻在脚底下给我看看？你没那个魄力！告诉你，你老婆我行。我既然有胆子串嗙你告钱默吟，我也就有手段弄倒李空山。他一姓李的小科长还引诱我女儿，他姥姥。

冠晓荷：小科长？夫人，他可是特高科的，他腰里有枪。

大赤包：有枪他吓唬谁啊，这年头谁腰里没有个枪啊，让日本人下了他的枪。我还治不了他？

【钱默吟跟跄，胡同上，摔倒

尤桐芳：钱先生。

高　第：钱伯伯？

尤桐芳：您…您回来了？

【冠家院里

冠晓荷：对，找日本人下了他的枪，被不准他们给我一个科长做呢。

大赤包：你现在就去把招弟找回来，我搅黄了他白日做梦的好事，招弟得按我的心意嫁我替她选定的女婿。

冠晓荷：对，就是嫁也得嫁一个他爸爸我这样的，夫人，我支持你翻脸不认账。

【钱默吟跟跄着站在冠家门前

菊　子：啊？

蓝东阳：合着你们家经常干那翻来翻去的事啊？！

大赤包：我翻来翻去碍着你了！别我给了你一个经理，你这得了便宜卖乖赖在我们家不走。当我不知道啊，你要跟胖菊子干那些男盗女娼的事儿，你们出去！少在我们家散德行。

菊　子：嘿，大姐，我这假装挺尊敬你的，你说话怎么这么损啊？我跟祁瑞丰闹离婚，在小羊圈里那是正大光明的事儿。我看上东阳那也是正大光明的事儿。男盗女娼那是你们家。东阳，咱走。

大赤包：谁呀？站我们家门口，跟大黑塔似的！

【冠晓荷站起去关门，撞见钱默吟，众人呆住

钱默吟：别害怕，我是个诗人，我不会动武。我还没有死，我就是来看看你们，也让你们看看我。日本人很会打人，他们能打坏我的身体，打断我的筋骨，却打不改我的心。

【音乐起，夜幕低低地笼罩着小羊圈胡同，胡同里的灯光渐渐熄灭

第三幕　饥荒

说书人：冬天不声不响地进入了北平。天极冷，小胡同里的房子靠得不够紧，又缺少树木。卖烧饼的停了工；点心铺开着门停了炉；卖粥的，卖烫面饺的，卖馄饨的……都歇了工，没有面粉！！就连北平的乌鸦，因为找不到吃食，已经减少，偶尔有两三只脱了毛的，一声不出的黑鸦，仿佛跟北平一样的委屈肌瘦。连冠晓荷的肚子都响了起来，饥饿成了北平人最迫切的问题。饥、寒、疲倦、忧虑还有日本人发明的"共和面"凑在一处，弄坏了北平人的肠胃，这一冬死了许多衣不蔽体、食不果腹的人。人们的脸变成绿的，肚子像要拧成一股绳，眼前飞动着金星，日本人疑心是传染病，见到晕倒的，拉肚子的，就拖走去"消毒"，消灭一个便省一份粮食。

【一九四四年，北平冬天，仗越打越疲沓，北平闹了饥荒

【小羊圈胡同景色颓败，杂院墙上，挂着零碎的破布头，和烂旧军服

【音乐起

【程长顺正晾着几件破棉袄

【小崔胡同走出，捂着脸挡着长顺抖衣服抖出的灰

小　　崔：长顺，你晒那些尿芥子哴味儿的，挡你爷爷的路，还不麻利儿把这些破衣服收了。

【小崔媳妇，胡同出

崔媳妇：长顺兄弟，你看这衣服这缝法行不？

小　　崔：合着这活儿你是给他做的？

程长顺：我求嫂子缝几件衣服，你不高兴？那下回不劳烦嫂子了。

崔媳妇：大兄弟，别这么说，这不是断我活路吗？

小　　崔：你是说我养不起你是怎么着？

【四大妈，家门初

四大妈：小崔，这是怎么茬儿啊？

小　　崔：程长顺，你安什么心拐待我媳妇十这个！你以为我看不出来，这他妈是日本军服。

程长顺：日本军服怎么了？我是想挣点儿手工钱。

小　　崔：你汉奸王八蛋你。

四大妈：小崔，街里街坊的怎么张口就骂人啊？

程长顺：你凭什么骂我？！

小　　崔：骂你，我还打你呢！

四大妈：越说越来劲了！

小　　崔：四奶奶，您不知道，他做的这叫日本军服，他缺了大德了。

【小崔要和程长顺动手，小崔媳妇拦阻

【马姥姥，胡同出

崔媳妇：小崔，你干吗跟人家长顺过不去呀？

给日本人做军服引来胡同里的大争执

小　　崔：你找打是不是！

程长顺：四奶奶您躲开。我是为了我姥姥，要不然我才不接这活儿呢……

马姥姥：长顺，别拿姥姥我说事儿，你姥姥我守寡一辈子，我是干净人，咱不干那缺德营生。

崔媳妇：是啊。你欺负人长顺儿干吗啊？

小　　崔：叫你顶嘴，还反了你了！

【小崔动手要打媳妇，小崔媳妇往马姥姥这边跑

【四大爷出

四大爷：小崔！又跟你媳妇较劲呢，有本事把这劲儿使日本人身上去。

【小崔媳妇哭

小　　崔：四大爷，你还别僵我！他小日本儿别招我，招了我，我他妈见一个打一个！愣着干什么呀，回屋去。

【拉媳妇走

四大爷：长顺，给日本人做军服这事儿咱还真不能干，你别糊里糊涂的当了汉奸。去，把这些军服麻利儿给他们送回去。

马姥姥：长顺，麻利儿把衣裳收了。

【长顺收衣服，众人下

【蓝东阳、李空山，二人胡同出

蓝东阳：怪不得招弟几天没回来，原来是跟尊家您在一起啊？！

李空山：他要是敢把我挡在门外头不让我进去，她闺女我

　　　　　该睡还得睡！

蓝东阳：你真把招弟小姐给睡啦？

李空山：睡了，多新鲜！你心疼啦，你也睡啊。天下小妞儿都一样，对她们就不能客气。

　　　　　【冠家院内，大赤包这在与焦急地踱步的冠晓荷争执

　　　　　【蓝东阳在门口偷听，李空山在门口徘徊

冠晓荷：夫人，您可别把李空山挡在外头，他腰里有枪。

大赤包：那你就看着他霸占着你闺女，还让我给他敬茶是怎么着？简直是奇耻大辱！哼，这年头，谁腰里不别杆子硬家伙，有枪他能吓唬谁？！

　　　　　【大赤包边说边出门，望到李空山就吵起来

大赤包：李空山。

大赤包：你给我听好了，我已经告了你的大刁状。历数了你的八条大罪，上面马上就得把你拿进去，撤你的职、缴你的枪、砍了你的狗头挂在菜市口的牌楼上。跟我斗，我捻不出你的牛黄九保！

李空山：呸！你个忘恩负义的泼妇！要不是当初我引荐你搭上局长的关系，能有你老娘们儿的今天！

蓝东阳：嘿，我算是看明白了，这门里门外的，竟是些个翻脸不认账的！

大赤包：翻脸不认账怎么了？别把老娘们惹急了，老娘们惹急了，干的可不是吹枕头风的事，照样砍了你的狗头，挂在菜市口的牌楼上示众。

蓝东阳：又说一遍？

大赤包：又说一遍怎么了？你他妈别招我！李空山，闺女还我。

冠晓荷：对，我闺女呢？

李空山：你闺女？和他妈你一样，见异思迁的泼妇。我把她介绍给日本人，扭脸她就把我给蹬了，还屁颠屁颠儿地当了日本特务。我多想管你叫声妈啊，你他妈配吗你？

蓝东阳：不是你把招弟小姐给睡了吗，怎么跟日本人又勾搭上啦？

冠晓荷：尤桐芳说的对啊，你们他妈都是拆我台的王八蛋。我闺女那是全胡同最好看的丫头，怎么让这号活土匪给祸害了。

大赤包：你说这干什么啊？

【冠晓荷冲上去，李空山刚要抬脚，冠晓荷闪身躲开

李空山：去你妈的，少他妈跟我玩儿这套，我踹死你个老丫挺的……

冠晓荷：哎呦，夫人，夫人我文化太高，太讲理，太爱文雅，干不过那个直眉瞪眼的活土匪呀……

大赤包：慌什么，你给我回来。当日本特务怎么了？当日本特务那我现在就是日本人的丈母娘。你知道你是谁吗？

冠晓荷：我是冠晓荷。

大赤包：不对，你是他岳父！

冠晓荷：对，我是日本人的老丈杆子！

排练场上的冠晓荷难逃李空山一飞脚

大赤包：对，现在就找我日本女婿去，我毙他五个来回，把他打成筛子眼儿，把你的狗头再一次挂在菜市口的牌楼上……

冠晓荷：示众！

蓝东阳，又来一遍。

大赤包：对，解气！

李空山：你告我？笑话，你收受贿赂，出卖钱家，克扣妓女的口粮，私藏黑钱。

李空山：我反告你十六条罪状，哪一条都够毙你几个来回的。我要不把你打成筛子眼儿，我就不姓李。

大赤包：好，一言为定，看谁先变筛子眼儿。

李空山：你等着。

大赤包：你等着。

李空山：你等着。

大赤包：你等着。

【大赤包、冠晓荷，回冠家

李空山：（唱）我站在城楼……

蓝东阳：哎哟，李科长，还是您路子野，答应给我的股份，一分钱也没给我。我最近瞧着冠家也不顺眼。前几天，他们就叽叽咕咕要给您使坏，听得我后脖颈子发凉，我真是替您捏了把汗。

李空山：怎么茬儿？你横是早知道他们要告我，你还藏着掖着，你他妈算什么我狐朋狗友，你大爷的。

【李空山一拳打在了蓝东阳身上

【李空山将蓝东阳打翻在地，跺着脚出胡同去了

排练场上也是真打

【祁瑞丰追菊子从祁家出

祁瑞丰：菊子，菊子……你等会儿！
菊　子：干吗！
祁瑞丰：你拿包袱干吗去？
菊　子：我已经登报声明跟你离婚了。
祁瑞丰：你跟我离婚？你还真动真格的。离了婚你跟谁去？你上哪去找我这么好的人？
菊　子：您放心。人啊，我早找好了，你给我起开。
祁瑞丰：不行。你跟我说清楚了，那人是谁？我跟他没完。
菊　子：省省吧你。给你脸你还不要脸怎么着，你还非让我说清楚了怎么着？
祁瑞丰：你今天必须把话说清楚，我不能当了活王八，还哑巴吃黄连不言声。
菊　子：行，既然你非要知道，那我就告诉你。蓝东阳！
蓝东阳：哎呦，菊子，我在这儿呢！
菊　子：宝贝儿，你怎么了？

【蓝东阳，倒地呻吟

祁瑞丰：你叫他什么？
菊　子：宝贝儿！怎么了？以后我还是蓝太太呢。
祁瑞丰：我宰了你。

【祁瑞丰冲着蓝东阳冲上去，菊子拦在中间

菊　子：哎？你敢动我们家东阳一指头，我他妈一屁股坐死你。
祁瑞丰：蓝东阳，你小子忒他妈不是个玩意儿了，你勾搭

我小时候不是那么自信，所以以前会很努力，狠提要求。但现在成熟一点，会喜欢制造一个松弛的工作环境，让大家都开心，最好不要装，那样太累，大家想怎么样就怎么样，随便、随意。想喝茶就喝茶，想说什么就说什么。这种状态对老舍先生的作品也是好事。我从小是北京人，我知道街坊四邻，俩老太太见了面，什么也不带，手里空着，但能一聊聊半个小时。老北京城的人，有一种大爷和大姑奶奶样，确实非常松弛。

（选自《国话研究》"田沁鑫：我有能力让大家都平衡住"／采访者：梁伟）

胖菊子把祁瑞丰踹掉后
从了蓝东阳

　　　　我媳妇,我媳妇还要拿屁股坐死我。你不得好死。

蓝东阳:祁瑞丰,你更不是个玩意儿。我告诉你我还正找你呢,当初我让你引荐冠晓荷,只花了三十块大洋,你可倒好,活倒腾出我五十块去,活吞了我二十啊。

菊　子:啊?活吞了二十?钱呢?哦,我说你那阵子,见天往三号院那个妓女窝钻呢?合着这二十块大洋,是跟我们家东阳这儿骗来的。哼,我跟你离婚离对了。

蓝东阳:明白了吧,宝贝儿,跟了我,才算走了正道。

菊　子：可不是。

祁瑞丰：蓝东阳，你真是逼着哑巴说话，逼着蔫人出豹子，我告诉你狗急了能跳墙，狗日的我他妈打死你个王八蛋。

蓝东阳：你们家小三儿。你们家小三儿出城抗日了，别以为这事儿我不知道，我要是把这事儿给捅出去，恐怕你们一家子的脑袋都得搬东洋去。

祁瑞丰：我他妈打死你个狗日的……

【祁瑞丰，追着蓝东阳一顿猛打，蓝东阳倒地

祁瑞丰：我打死你，打死你　蓝东阳？蓝东阳？

菊　子：杀人啦！祁瑞丰杀人啦！

【祁瑞丰给了菊子两嘴巴

【祁瑞丰惊慌失措逃进祁家门

【祁家小院被祁瑞丰推开

【瑞宣看着祁瑞丰把街门关好，还插上了小横闩，搬着凳子将门堵住

【祁瑞丰已躲回了自己的屋子

祁瑞宣：老二，你干吗呢？

祁瑞丰：大哥，大哥！

祁瑞宣：怎么啦，老二！

祁瑞丰：我打死人啦！

祁瑞宣：你打死人了？你还能打死人？

祁瑞丰：蓝东阳，我当时气急了，他要告发我，小三的事他也知道了，还要告发咱全家。

祁瑞宣：老二，蓝东阳是汉奸，打死就打死吧。没事，进

　　　　　　屋说。
祁瑞丰：哥，你是我亲哥，你得帮我啊。

　　　　【蓝东阳、菊子搀扶，敲冠家门
冠晓荷：怎么给打成这样了？
菊　子：冠大哥……
蓝东阳：唔……唔……
冠晓荷：李空山？那你是我朋友，进来，进来！

　　　　【韵梅提着一小袋粮食胡同出，推家门
韵　梅：家里有人吗？大白天的栓什么门啊？
　　　　【祁瑞宣开门
祁瑞宣：是你啊。
韵　梅：这大白天的干吗拴门啊？
祁瑞宣：老二他……你怎么自己去领粮呢，不说我去吗。
韵　梅：瑞宣，你猜我看见谁了？小三儿！
祁瑞宣：啊？你看见小三儿了。你看真着了？
韵　梅：当然看真着了！小三我还看不出来。就是三叔的后影，甭管他穿什么衣服，我一准儿能把他认出来。
祁瑞宣：他去哪儿了？
韵　梅：我这不正排着队领粮呢嘛，一大下子人呀，我正琢磨找他还是不找他，一晃眼儿人就没影儿了。
祁瑞宣：那领粮重要还是小三儿重要！我得看看去。
　　　　【祁瑞丰溜了出来

我非常爱喝茶，经常在排练场喝茶。邢佳栋跟我一块儿喝茶，排练厅大家都在喝茶。后来我们的中年演员赵小川、靳大忠他们在台湾也都买茶具回去喝茶了。喝茶是修身养性的一个方式，它是一份文化，我要制造一个环境比较舒畅的氛围。
（选自《国话研究》"田沁鑫：我有能力让大家都平衡住"/采访者：梁伟）

祁瑞丰：哎哟，是大嫂啊。吓死我了。你们嘀咕什么呢？是不是蓝东阳死了？

韵　梅：蓝东阳？对了，还没来得及说呢，我刚才看见蓝东阳和菊子俩人，一瘸一拐地进了冠家了。这什么日子口儿啊？

祁瑞丰：大嫂，你看的真，你真的看见蓝东阳自己走着呢？

韵　梅：走着呢！

祁瑞丰：哎哟，大哥，我活了！我不用出城了。

韵　梅：瑞丰，我还想问你呢，菊子怎么跟他弄一块儿去了？

祁瑞宣：行了，你别问了。

祁瑞丰：坏了，蓝东阳没死，那咱家就得倒大霉啊。

韵　梅：怎么了这是？

祁瑞丰：刚才蓝东阳放下狠话，他要告发小三儿。抓咱全家。

祁瑞宣：老二，你先别慌，你大嫂刚才看见小三儿了。

祁瑞丰：看见小三儿了？小三儿回来了？

韵　梅：回来了，硬硬朗朗的。瑞宣，咱还真得快点把三叔找回来。

祁瑞丰：对，赶紧把他找回来。

韵　梅：对，听二叔的。

祁瑞宣：好，我去找。

祁瑞丰：千万别让他回家，现在外面风声这么紧，他要是让街坊们看见了，咱家就得连锅端呀！这小三儿

排练场上刘喆扮演的瑞丰
有一丝的狡黠

也真他妈不是东西,自己拍拍屁股一走了之,害得咱全家担惊受怕的,现在回来了,还敢在城里窜来窜去的,这不是把咱家往绝路上逼吗?我活了三十多岁了,就没见过这么缺心少肺的人!

祁瑞宣:老二!你给我出去!

祁瑞丰:大哥,你赶我干吗啊?

祁瑞宣:你别叫我哥,小三也没你这样的哥。你给我滚。

祁瑞丰:大哥,我是真真儿的不明白。你想方设法把我、小三都挤兑成消户的死人,能有什么好儿?

祁瑞宣:你给我滚。

韵　梅:老二,你哥都是为你好。你怎么能这么说你哥呢?

祁瑞丰:谁是我哥啊?我看到了关键时刻,街边儿三号院,冠晓荷才是我亲哥呢。我找我冠大哥去了。

祁瑞宣:你给我滚出去。

【祁瑞丰冲出家门,奔向冠家大门,风声起

祁瑞丰:不成。这时候蓝东阳和菊子在我冠大哥家呢。嘿,我这搓火。

【祁天佑衣衫有些零乱游魂一般上场

祁瑞丰:爸您回来了。我出去遛遛弯啊。

【祁瑞丰,胡同下

韵　梅:行了行了,瑞宣,都是自己的亲兄弟,你还真跟他动真气啊。我去把他叫回来。

【韵梅出家门,瑞宣生气地坐在椅子上

【韵梅走到冠家门前,回身看见祁天佑

韵　　梅：爸回来了？爸，你这是怎么了？瑞宣，你看，爸这是怎么了？

祁瑞宣：爸，您这是怎么了？

祁天佑：铺子，那是我的铺子，铺子里头离不开人，我这就得回去。

韵　　梅：爸，您别吓唬我们啊，谁气着您了？

祁瑞宣：这谁给您弄成这样了？我跟他没完。爸，您先回屋去。

【瑞宣扶天佑进院儿，韵梅关门

祁天佑：瑞宣，我打小学徒的时候，这头一宗学的就是规矩、客气、本分、诚实。可这年月，这老理儿，都没了。

韵　　梅：瑞宣，我害怕。爸这是怎么了？

祁瑞宣：韵梅，先扶爸回屋去。爸……

【音乐起

祁天佑：我不是爸，我是奸商。我是奸商！我多收了人家的货！我不按定价卖东西！我是奸商！他们把没人要的东西全都压给我，必须搭送着别的东西是强买强卖，他们拿枪对着我，倒了说我是奸商！他们拿那枪筒子，顶着我的脊梁骨，让我穿上这个，这脑袋顶上还顶着个拔火罐，满街的吆喝："我是奸商！我是奸商！"儿子啊，你爸爸这一辈子是规规矩矩的啊！坎肩儿穿在身上，白底儿红字儿刻在脸上：奸商！孩子，我窝囊啊，我这心里头堵得慌，小日本儿，我没招你们啊。

【音乐停

韵　梅：瑞宣，这可怎么办呀？

祁瑞宣：韵梅，快扶爸进屋。我一会儿去找个大夫。你打
　　　　点水，给爸擦吧擦吧。爸，咱先回屋去。

韵　梅：爸，咱回屋，咱回屋慢慢说。

【韵梅扶祁天佑进屋，祁家小院由瑞宣合拢

【风声起

【冠招弟，胡同上，祁瑞全压低帽檐随后

招　弟：瞧你那个萎萎缩缩的紧张劲儿，这些年你到底进
　　　　没进过游击队，打没打过仗啊，怎么跟没见过世
　　　　面似的。

祁瑞全：我回来，有我的使命，顾不得家长里短儿女私情。

老实巴交的祁天佑被打成奸商后悲愤不已

招　　弟：谁跟你儿女私情，你想的美。我现在才看不上中国人呢，没劲。还是西洋人有意思，可现在西洋人都进了集中营，只能找东洋人凑合凑合了。

祁瑞全：你怎么变成这样了！

招　　弟：呦，生气了？瑞全，你别生气，你不一样，你有意思。我告诉你一个秘密，我如今是日本人的特务了。

祁瑞全：嘘！不许胡说！

招　　弟：谁胡说了，我现在就有拿人的权柄，能逮你去坐牢。

祁瑞全：那我就在这儿掐死你，替中国人了结一个祸害！

招　　弟：祁瑞全不识好歹的，你是真傻还是怎么着，我要是想抓你，刚才在车站就叫人把你五花大绑，还等得到这会儿。

祁瑞全：那你想干吗？

招　　弟：我要你拿情报给我，我呢，就爱你。

祁瑞全：你太可怕了。你就不怕将来我们胜了遭报应。

招　　弟：我看不了那么远，我就知道在这个什么都没有的北平，我什么都有，不是妈妈给的，是我自己挣的。我不但能让我自己过得好，还能让你也过上好日子。

【李空山，胡同上

李空山：冠二小姐，少见啊。

招　　弟：李科长，来玩儿啊？

李空山：这位是？

招　弟：我的新同事。（对瑞全）你先回去吧，回头，我再找你，咱们的事慢慢儿聊。

【瑞全，胡同下

李空山：是日本人吧？冠小姐升腾了，还想得起回家，没让我一个人在丈母娘面前曝牙花子。老丈母娘，女婿把招弟小姐全须全尾的送回来了，开门吧！

【大赤包推开冠家门，冠晓荷跟在后面

大赤包：冠招弟！你还知道回家！

招　弟：妈，我这不是回来了么。

冠晓荷：招弟。

李空山：丈母娘，女婿在这里请安了。

大赤包：呸！李空山，你不是惦记着我成筛子眼儿吗？你少在这儿酸文假醋的，跟我玩儿这套假客礼。

李空山：招弟小姐到家，您也该放心了，定个日子过门儿吧。

大赤包：起根儿我也没打算把冠招弟贱卖给你这个姓李的小科长，打今儿起咱们各走各的路。冠招弟，你要是还认我这个妈，你就别再见那畜生。

招　弟：妈，干吗撕破脸呢？当初是空山介绍我去当特务的。

大赤包：你不要脸。

【大赤包反手打了招弟

冠晓荷：哎呦夫人，你没轻没重的。闺女，我的好闺女啊。那特务是你干的事儿吗？那天塌下来不是还有爸爸我呢吗？

大赤包：你？

冠晓荷：爸爸再不济那不还有你妈呢吗？

大赤包：那也不能当特务。

冠晓荷：我的好闺女，当特务……那日本人，直眉瞪眼的可不是闹着玩儿的事。

招　弟：谁玩儿了？

冠晓荷：爸说那差事，是不好玩儿呀。

招　弟：没玩儿，那是正事儿。妈当妓女所所长是兴家立业，我当特务，怎么就不是呢。我还跟你们说了，我是吃了秤砣铁了心，谁也拦不住我当特务！

大赤包：不能要了不能要了，我打死你……

冠晓荷：行了行了，夫人。当初你不是说当特务好吗？

大赤包：那是当着外人，这在家里头要是不知道谁好谁坏，那不是白活了吗？

【蓝东阳、菊子，站在冠家门口

蓝东阳：所长您消消气，二小姐不懂事儿，那是被人挑唆的。

菊　子：就是就是。

大赤包：你们没一个是好东西，都他妈给我滚。

菊　子：又不是我们家东阳睡了你们家招弟。

大赤包：哎呦，老冠家的脸真是丢到南墙根儿啦，晓荷。

蓝东阳：早知道，当年还不如睡了她呢。

大赤包：李空山，我跟你势不两立。

招　弟：呦，妈你别摔着。

李空山：大赤包，你克扣妓女的口粮的事儿已经被全西城的妓女联名给告了，时局艰难的时候，你发的是国难财。这回上面追究下来，请你去聊聊。怎么着，走一趟吧。

蓝东阳：冠家这回要悬了。

李空山：看来你得先变筛子眼儿了。

招　弟：李空山，你也太毒了吧！你敢害我妈，我饶不了你！

大赤包：好闺女，妈就知道你在大事情上还是懂得是非的。

【一队宪兵进胡同，推倒大赤包

冠晓荷：这话儿怎么说的？

大赤包：晓荷。

冠晓荷：夫人。

大赤包：怎么碴儿，李空山，你这就把我，啊？带走了？

李空山：对，请您滚出去。

冠晓荷：夫人，这事态发生了这么严重的变化，我怎么跟梦着似的？

李空山：这不是梦，你醒着。

大赤包：你干什么呀，李空山。

李空山：冠所长就快变成筛子眼儿了。

招　弟：李空山，你也太毒了吧！你敢害我妈，我饶不了你！

大赤包：好闺女，妈就知道你在大事情上还是懂得是非的。

招　弟：李空山，你给我等着。

当观众看这个戏的时候，看到主动在乱世投机的大赤包，说出了很多观众想干，但没法干的混蛋事，好像很过瘾，可是她遭到很惨的下场时，观众又觉得解恨、解气。

（选自《国话研究》"田沁鑫：我有能力让大家都平衡住"／采访者：梁伟）

李空山：我等着。

招　弟：你敢放了我妈，我跟我妈有话要说。

【音乐起

招　弟：妈……

大赤包：好闺女，你过来，听妈说！你得把你妈我全须全尾地保回来。干这事儿你得会找人，日本人方面去找那个爱唱青衣的花田大佐，警察局里面儿马副局长那是我铁瓷的朋友，你要是想捞人，得装扮整齐了再去见人，见了人你就得笑，还得笑的恰到好处，因为你要央歌人，切记要把事把事儿说明白了，说明白了你就哭，哭完了再使钱。晓荷。

冠晓荷：明白。

菊　子：我妈怎么没这么教育过我啊。

【冠晓荷，跑进家门

大赤包：那叫事半功倍。也别光打点上面儿的，下面的也得给人家点儿油水，这才叫会办事。听明白了吗？闺女。

招　弟：妈，我懂。我这就去运动，您先在里面待会儿，快的话，我一准儿后半响您就能回来了。爸，冠家兴家立业的事儿就交给我了。李空山，你给我等着。

【冠晓荷、招弟哭

冠晓荷：夫人，你就这么走了。我舍不得你。

大赤包：晓荷，把我的裘皮大氅拿来。我大赤包，虽然有丈夫，但是，没指望上，我就和个女光棍也差不离儿，光棍我就不怕吃官司。我不能失了自己的

大赤包悲情下场不忘行头
裘皮大氅

　　　　　身份。

冠晓荷：夫人……

　　　　【蓝东阳，哭

菊　子：这会儿你怎么还替别人哭啊。

蓝东阳：哭谁啊？吓死我了。

大赤包：晓荷，这才哪到哪，别哭。说了你多少次了，做人胆子得大、心得宽，这才能成事儿！啊！

冠晓荷：夫人，我舍不得你啊。

　　　　【高第哭着出，尤桐芳挽着小布包袱从院内出

高　第：妈、爸……

招　弟：姐，爸就交给你了，我得去给妈运动。

高　弟：我不是你姐，你是女特务。你甭跟这儿走柳了，你赶快给妈去运动吧。

招　弟：不管怎么着，你都是我姐，这个理儿我还是懂的。姐，你等着。李空山，你给我等着。

　　　　【招弟，胡同下

李空山：你快运动去吧。

高　弟：妈，虽然咱俩不对付，但我看到你的下场，我表示同情。

大赤包：谢谢。

尤桐芳：冠太太，我也想同情你，我也想挤点眼泪，可就是掉不下来，这是你该遭的报应。

李空山：老丈母娘，女婿我叫人给您开路？

大赤包：我会回来的！

　　　　【一队宪兵押解大赤包胡同下

大赤包：小羊圈的老少爷们儿，街坊四邻。你们都给我听好了。我，大赤包遭恶人陷害，但是我绝不会下大狱，因为我是日本人的丈母娘。凭着我的口才、气派、精明和过去的成绩，我会三言两语的把这事儿掰扯清楚。我现在大摇大摆地走出这条胡同，要不了晚半晌，他们还得八台大轿把我送回来。我知道你们不待见我，就都不用出来看我了。呸！一胡同的怂包。

【冠晓荷萎缩着看她的后影

蓝东阳：冠家就这么完了。菊子，你摸摸，我烫不烫。

菊　子：哎呦，烫得厉害啊。咱得赶紧去瞧大夫。

冠晓荷：桐芳，你这是去哪？

尤桐芳：住旅馆去。

蓝东阳：二太太，三号院里的东西可不能动啊，都得清点充公。

尤桐芳：我跟这门儿里的人势不两立，我得谢谢您替钱家报了仇。呸！俩不是东西的混蛋玩意儿。

高　弟：爸，咱走吧。咱住旅馆去。

冠晓荷：我不走，我哪也不去，这儿是我的家。我凭什么走啊？

高　第：咱这是遭了报应。爸，我能养活您，快走吧。

冠晓荷：我哪儿也不去。我要守着这个家！我要守着这个家！

尤桐芳：晓荷，我早跟你说过他们是拆你台的王八蛋，现在你明白了吧？我瞧你也明白不了，打今儿起，

　　　　　我就跟你没关系了。
冠晓荷：没关系了，没关系了又能怎么着啊？没你们，我照样安身立命。你妈就是因为她看不上我，她才遭此不幸的。
高　弟：哎呦喂，桐芳，我们冠家真是家门不幸啊。老东西，您保重，走了。
　　　　【高第，胡同下
李空山：抄家！
　　　　【两个警察，进冠家
李空山：清点赃物，院儿里都是贪赃枉法的东西，抄了充公为民除害！值钱的都给我搬走。怎么，你也想跟大赤包一起去？
蓝东阳：哎，不是。李科长，我可跟您说，冠家值钱的玩意儿可都存在银行里头，我看还是趁早封了他们家的账户。
冠晓荷：桐芳说的对，你们都是拆我台的王八蛋。
李空山：嗯。大事儿，记功一件。
胖菊子：东阳，你有毛病啊？他不是刚打了你吗？你怎么还替他支招啊？
蓝东阳：哎！空山，在你打我之前咱俩可是割头换颈的兄弟啊。
李空山：我知道你要的是这个。三号院儿归你，银行归我。
蓝东阳：房产呢？
李空山：你暂住。

蓝东阳：仁义啊兄弟！

冠晓荷：东阳，给你我们家门钥匙。

【冠晓荷，打蓝东阳

李空山：打得好，接着打。

【李空山，胡同下

蓝东阳：冠先生我不和你一般见识，我进我的院儿……我的院儿……

【蓝东阳、菊子，进冠家

菊　子：那也是我的院儿啊。冠先生，有空来玩啊。您走好啊！

【菊子，关院门

【钱先生跟跟跄跄地走进胡同

冠晓荷：哎！你们凭什么进我们家啊？凭什么啊？你们等着，等我闺女回来，我让日本人治你们的罪。我哪儿也不去了，我他妈堵死你们。

冠晓荷：你回来了？你回来干吗呀？哦，你是来报复我的。用不着了，我家没了。

钱默吟：你不是信佛吗？

冠晓荷：对，我信佛来着。

钱默吟：护国寺，护国寺收容没有家的人。

冠晓荷：还有菩萨，菩萨能保佑我。守着门，妖魔鬼怪就进不来。默翁先生，我谢谢你的指点。我护国寺先忍忍去。

【说话间钱家门开了，日本女眷门内出

冠晓荷：您这是……

日本妇：我要回国了。

冠晓荷：哦，这位是钱先生。

日本妇：钱先生好。

冠晓荷：这儿原来是他们家。

日本妇：您家里的东西，我们没动，现在物归原主。我可以带着我的家人回国了。

钱默吟：恩怨分明，有仇的我不会忘记；有好处的，我一定会记得。我的家人死了，你的家人也死了。

日本妇：请多保重。

【日本妇人，下

冠晓荷：呦，那我送您一程，默翁先生，晚半晌护国寺见。

【冠晓荷送日本人下

【钱先生独自一人站在家门口，看自家门楼

【起音乐

【祁老人出

祁老人：钱先生。

钱默吟：祁老先生。

祁老人：回来了？

钱默吟：好久不见。

祁老人：咱们小羊圈儿这街坊邻居们今儿个他搬来，明儿个他搬走，换了一波又一波，唯独我们老祁家压根儿就没动窝。这份家业是我年轻的时候赤手空拳走街串巷挣下的，孩子们孝顺，都是规矩本分的老实人，他们给我生了孙子、重孙子，我现在是四世同堂啊。我这辈子没白活。你说咱们当老百姓的不就图个消消停停过着不愁吃不愁穿的日子，甭管什么灾难，准得熬过去。你还记得我原先跟你说过不出三月准能过去，现在都七年了，我不怕您笑话，现如今我吃没得吃，烧没得烧，我快熬不住了。

钱默吟：皮之不存毛将焉附，国、家，自古就是唇亡齿寒的关系。我这个院子归了谁不过是挡风遮雨，可现在国家亡了，这院子又有什么用呢？抗战不仅是报仇，而是打击穷兵黩武，建设和平。我住在护国寺里交了个好朋友，明月和尚。认识他的时候，我还一心想要报仇杀人。因为从战争开始我就受了毒刑，忽然的家破人亡。我变得疯狂，只有杀害破坏，足以使我泄恨。我忘记了平日的理想与诗歌，而是和野兽们拼命。我以为即使佛生在北平，佛也得发怒，也得去抗敌。明月和尚不这样看，他不主张杀生。他以为侵略、战争，是全部人间的兽性未退，而不是一个人的罪过。我虽然不接受他的信仰，可是我多少受了他的影响，教我更看远了一些。我很感激他，假若人类的最终目的是相安无事的活着，我想，我会得到永生。正如我看到现在的中国，中国正跟你我一样，经历了多少的矛盾，而不灰心。

祁老人：钱先生，好学问呐。这国家大事，我不大懂，可您那句话在理儿，大家伙得相安无事得活着呀。
【瑞宣、韵梅，祁家出

祁瑞宣：钱伯伯，您回来了。

钱默吟：回来了。

祁瑞宣：您还好吗？

钱默吟：我一切都好。

祁老人：钱先生，您还真给我提了个醒儿，您放心，我不灰心，我得提早把我这八十大寿给过了，顺儿他妈，我得把我这寿过去，还得好好过。

韵　梅：哎，爷爷。咱好好过。我看要下雪了，外面儿冷，咱进屋吧。

祁瑞宣：钱伯伯，您也进屋暖和暖和吧。

祁老人：钱先生，进屋里暖和暖和。

钱默吟：谢谢，不叨扰了，好些日子没回来，我回屋收拾收拾。

韵　梅：瑞宣，去给钱伯伯拿件棉衣。
【瑞宣回祁家
【钱先生进钱家
【韵梅，搀扶祁老人进祁家

【小羊圈胡同内，暗夜铺展
【瑞全，胡同出，家门口徘徊
【瑞宣，抱着棉袄从祁家出，看见瑞全
【音乐起

祁瑞宣：小三儿？

祁瑞全：大哥。

祁瑞宣：没事儿，光顾着看了。快进屋，外边儿冷，爷爷和爸妈都可想你了。

祁瑞全：不行大哥，我不能回去。那样会连累咱家，我还得走。

祁瑞宣：是啊。你干的是大事儿。不像我。

祁瑞全：大哥，你这些年还好吗？还教书吗？

祁瑞宣：我早就不教书了。我这几年，消极的说我要保住自己的清白，积极的讲，无论我自己怎么努力，也是为日本人说话，咱不能当汉奸。

祁瑞全：大哥，你还可以回去教书的，给学生鼓鼓劲！给他们一点儿光亮！像你这样，不愿做汉奸的人，不去告诉他们，还有谁能影响他们呢。你要告诉他们，打败小日本比杀鸡都容易。你还要告诉他们，中国不会亡。哥，我先走了。

祁瑞宣：小三儿，你真的长大了。

祁瑞宣：小三儿，把这棉袄带给钱伯伯。

【瑞全抱着棉袄跑进钱家小院，瑞宣独自一人站在胡同内

【韵梅抱着件棉袄从祁家出

韵　梅：瑞宣，净想着给钱伯伯拿棉袄。你可千万自己别着凉。换上。怎么了？

祁瑞宣：小三儿，我刚见着他回来了。

韵　梅：你看？我没瞧错吧，三叔真回来啦。老天爷真是有眼，爷爷要提前过他那八十大寿，他还真赶回

来了。菩萨保佑。

【二人向家门走，风声起

【祁瑞丰和冠晓荷上

祁瑞丰：大哥，大嫂。这大冷天儿的你们站外面干吗啊？冠大哥，来进去进去。

冠晓荷：瑞宣兄，祁大奶奶。

韵　梅：这怎么话儿说的？

祁瑞丰：大嫂，我冠大哥今晚没地儿住了，先在在咱家忍一宿。

韵　梅：瑞丰，爷爷不待见他们冠家人，你不是不知道吧。我们也没办法。

冠晓荷：哪怕只住一个晚上，明天我就有办法，不再打扰。说真的，招弟做了特务，特务的爸爸能没地儿住吗？

祁瑞宣：你们俩赶紧走，别招我说出不好听的来。老二，你跟他一块儿，走。

祁瑞丰：大哥……

【韵梅、祁瑞宣进祁家

【祁家门口，祁瑞丰和冠晓荷站在胡同里

祁瑞丰：大哥，我明儿弄了钱，咱就住旅馆去。今晚，我陪你住护国寺去。

冠晓荷：兄弟，你才是我兄弟啊。

祁瑞丰：大哥你别这样，你这样我心里也不好受。

祁瑞丰：蓝东阳这个混蛋王八蛋。霸占我冠大哥的宅子，还拐带我老婆。我非弄死他。但弄死他，我得先当特务。
冠晓荷：当特务，好说啊。包在你大哥我身上。现在咱们当务之急就是找到招弟。明天就是特首回京，他们在中南海集会，招弟一准在那。
祁瑞丰：合着您也不知道招弟在哪儿啊？
冠晓荷：招弟是特务。特务能让他爸爸随便知道在哪儿，那还叫特务吗？
【冠晓荷，祁瑞丰，胡同下

【小文夫妇吊嗓了拉胡琴的声音回荡在小羊圈上方
【夜幕低垂，小羊圈各家各户亮起灯来，乌鸦叫
【小崔媳妇端着一个碗递给小崔
小崔妻：真想吃碗热乎乎的杂和面儿粥，老吃那臭烘烘的共和面非得做病不可。
小　崔：这些天儿北平开大会的人多，我跑快点儿准能多挣几个子儿。明儿我给你买好吃的。
【程长顺用扫帚打着一件破棉袄，暴土狼烟的
程长顺：姥姥，我挣钱是给您花，我这第一批衣服，还真挣了不少。
马姥姥：孩子，姥姥知道你受累了，以后，咱长能耐了，不挣那块儿八毛的。
【李四爷、李四奶奶，上
四奶奶：你说这日本人把大赤包跟冠晓荷整治了，那是……
四爷爷：活该！恶有恶报，谁让他当汉奸，

四奶奶：这不结啦，这跟你说啊，里长这事你可不能辞啊，咱小羊圈得有个替大家伙儿说话的人。

李四爷：怎么着，你又让我去那受夹板儿气啊。

四奶奶：老伴儿啊，吃亏是福，咱福分大了去了。

【小文夫妇，从胡同走出

小　文：明儿咱们去了中南海，不唱那花哨的，最好来一段《审头刺汤》，才叫应景。改朝换代都得死人，有钱的、没钱的、做主子的，做奴婢的，都得死！好戏里必得有个法场，行刺、砍头，才热闹、才叫好。

小文妻：成。那咱们就唱《刺汤》吧。

【尤桐芳胡同出，敲前家门，高第开门

高　弟：桐芳，你怎么来啦。

尤桐芳：你忘了给钱先生拿东西了。高第，我听说明天南海要开什么会，你不是要找招弟吗？

高　第：我听钱伯伯说，明天南海开会，学生们会有所行动，我就担心招弟。备不准明天她会在那。桐芳，你瞧我们冠家。我妈被抓，我爸不知去向，我不能再看见招弟出事，就算他是特务也是我妹妹。明天我说什么也要把她找回来，我不能在让她当特务。

尤桐芳：现在外面乱哄哄的，你一个人怎么行啊，我陪你去，多少有个照应。

高　第：那太危险了，桐芳，你先回吧。

尤桐芳：我不怕，再怎么说，我也是冠家人，冠家人真要出点什么事，我能甩手就走吗？我得帮你把招弟找回来。钱先生说啦，让我做一个有骨气的中国人，我也是公民，也想为国家做点事。高第，等明儿招弟回来了，我就回东北老家守着我爸妈。

高　　第：桐芳……

【祁天佑，从家门出。蹒跚着胡同下

尤桐芳：这是什么世道啊，这么老实的人也被逼成这样。

高　　第：日本人要一直这么呆着，谁都活不好。

尤桐芳：那就这么说定啦，明天见。

【小羊圈各家各户逐渐熄灯，天上细细碎碎簌落小雪，风声起

【白巡长走出，高声吆喝着

白巡长：小羊圈各家各户都听好喽，明儿个中南海开大会，迎接特使进京。想知道热闹的就凑一块儿找个话匣子听就得了，少挤着上街凑热闹啊。

【白巡长，下

【第二天一早，北平城下起了雪，纷纷地飘落在小羊圈胡同

【冠家小院打开

【一个日本翻译官、日本大夫、女护士，望着躺在担架上的蓝东阳

蓝东阳：大日本帝国万岁！天皇万岁！

菊　　子：日本大夫，您看，都烧一宿了，越烧越高，这可

怎么办啊？

蓝东阳：天皇万岁！

女护士：田中先生，这个人已经喊了半宿"天皇万岁"了。

蓝东阳：天皇……

大　夫：我们要把他带到日本去，把他全身每一处都用X光拍个照。他的心、肝、脑、肺一定是具有特殊构造。他是最最忠于天皇的中国人。

菊　子：什么意思？

翻译官：军官说他是最最忠于天皇的中国人。

菊　子：东阳，这是夸你呢。

蓝东阳：天皇万岁！

大　夫：蓝先生，日本行程，舟车劳顿，会很辛苦。您先在担架上好好歇着，皇军会把您送到一个日本最美丽的地方去修养。

护　士：蓝先生，我们会把您送去长崎和广岛，两个地方您随便挑，广岛住腻了，您就去长崎，长崎住腻了，您再回广岛。

菊　子：真的？太君，也带我去吧。

大　夫：这个，我们要考虑考虑。

蓝东阳：不用考虑她，不给皇军添累，带我一人儿去就成。天皇万岁！

大　夫：走吧。

蓝东阳：天皇万岁！

菊　子：我也皇军万岁……我也天皇万岁的……

【日本人、蓝东阳，胡同下

菊　子：蓝东阳，无情无义的王八蛋！长崎和广岛指不定什么破地方呢！备不准儿那俩地方就遭了报应。我这就把老冠家东西概落概落，回我天津娘家。我也开一处顶大的旅馆。我算明白了，甭管谁的天下，都少不了这个。得，打今儿起，我也是一顶天立地的女光棍。

【菊子，进冠家

【胡同，白巡长、翻译官和李四爷吵着，杂院里的居民们跟着走出

白巡长：四爷，这家家户户的窗户还没糊呢，这糨糊就没了……

翻译官：全是刁民！上边要查下来，你们一胡同的人都他妈拉出去枪毙！里长，谁是里长？！

李四爷：我是里长，您有什么吩咐！

白巡长：长官，是小孩儿，小孩儿饿把糨糊吃了，小孩不是不懂事嘛！

翻译官：哪家孩子？！

四大妈：至于吗？

翻译官：至于吗？这是皇军颁布的防空令。你们胡同没一家窗户糊上的，知道这是什么吗？这是跟皇军对抗。

李四爷：那又怎样？我是这儿的里长，有什么话，您跟我说。

四奶奶：你干吗呀这是？

陶虹扮演的胖菊子在排练场上也用眼神勾引蓝东阳

李四爷：我他妈早就活腻了。与其在这受着委屈，我还不如死了呢。

翻译官：想死？容易。我这就送给你。

【翻译官给了李四爷一个嘴巴

白巡长：四爷，您忍忍。长官，我们这就想办法，一个钟点之内，我们就把窗户给糊上。四奶奶，快把四大爷扶回去。

【四爷爷站起，跟跟跄跄的走到翻译官面前。日本军官掏出枪

翻译官：你想干吗？

李四爷：没别的意思，我就是想告诉你点北平人的礼数！

【猛地一个嘴巴打在翻译官的脸上

【胡同大乱。居民们和日本人撕扯起来

【一声枪响，日本军官一枪打在李四爷身上

李四爷：老伴儿啊，我憋了八年了，今儿是终于出了口恶气，我这辈子没打过人，第一次打人我就脆生生的扇在日本人脸上。我是脆生生打在那王八羔子脸上的，打的我心里头都敞亮了。瑞全说的对，打小日本比杀鸡容易。老伴儿，回头给我做碗炸酱面。

【音乐起

四奶奶：老头子！

【暗场

【风声鹤唳

【北平城昏暗着,可以听到南海会场传来的嘈杂、混乱声音

【小崔拉着祁瑞丰跑上

【嘈杂的会场声中,有远远地隐约的枪声

小　崔：祁二爷,这满大街都乱哄哄的,我估摸着今儿这局不善。您听着有人放枪没?

祁瑞丰：这情景我可瞧着眼熟,日本人当年进北平,街面上不也这么乱嘛。

小　崔：乱咱就甭进去了!

祁瑞丰：那不行,我得去找招弟,让她引荐我去当特务。麻利儿着!误了时辰,耽误了我升腾。

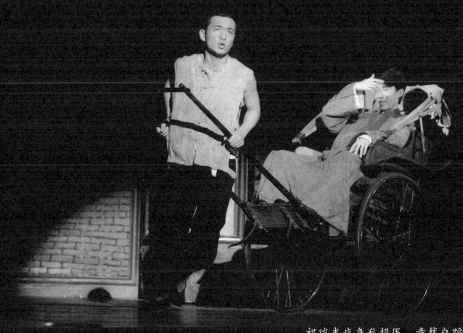

祁瑞丰病急乱投医,竟然自蹈死路

小崔最后也以死抗争了

小　崔：我没听见祁二爷说什么，就看见台上一大下子人！我看见日本人压在小文太太身上。

祁瑞丰：哎，我看见了高第！

【高第，冲进会场】

高　弟：我找遍招弟也没见着，就见着日本军官正在欺负小文太太。

祁瑞丰：真真儿的，我看见日本长官压住了小文太太。

小　崔：我不能让日本人欺负咱中国人，我就就势冲到了台上。给了那欺负人的日本兵一个响亮的大嘴巴。

高　弟：小崔给了那欺负人的日本人一个大嘴巴！然后一顿拳打脚踢。

小　崔：然后我就一顿的拳打脚踢……

祁瑞丰：小崔，你打的那可是日本人！打人都不知道挑时挑响，使性子送了命你就完了，我话还没说完，小崔就让日本人的刺刀给挑了！

【音乐起】

小　崔：我没听见祁二爷说什么，我就死命地拽着那欺负人的日本兵。都他妈别招我！招着我见一个打一个。我看见满眼都是脚，看不见人的上半身。我就看见日本人端着刺刀明晃晃的对着我！

祁瑞丰：小崔……

小　崔：我怎么觉得浑身没劲呢？肚子有点饿，这时候要来二两白的，再切他一盘猪头肉，烙饼一卷。妈的，一口气吃饱了喝足了，我浑身是劲儿，我打死他们小日本的！

【冠晓荷，上场

冠晓荷：我刚钻进会场，就看见了小文太太，眼睁睁的，就瞧见明晃晃的刺刀把小文太太给捅了！小文，一个从来都文弱不禁风的书生，抄起把胡琴就跟日本长官拼命！抄家伙都不会抄，你倒是拣个重的呀！打架都不会。逞一时的气性干什么啊，恐白送了性命。我瑞丰兄弟呢……

【画外：一声枪响

尤桐芳：他们把小文打死了。

高　弟：他们把小文给杀了。

冠晓荷：看看！瞅瞅！

高　弟：一个前清的遗民，就这么没了……

冠晓荷：人头攒动中，我看见了桐芳！哎，你跟个日本人抱一块儿干吗呀？

尤桐芳：我想把小文太太抢回来，怎么着也是小羊圈人啊，死了也要落一全尸，祁家二爷不让我去，那哪儿成啊？那还是人吗？甩开他我就往里冲，可是我还没反应过来，祁家二爷就让日本人给抓了。

祁瑞丰：太君！我是良民。我特想当特务！我打根儿上起就想给尊驾太君您做事。你们别跟我这么客气。

冠晓荷：我看见我瑞丰兄弟了，他终于跟日本人见着面了，不对，这日本人好像对他不太客气。

祁瑞丰：哎呦，冠大哥！您看见招弟了吗？

冠晓荷：我伸长了脖子就指望能着招弟。谁知道看见桐芳和那刺刀。就那么两下子一碰，捅进去了。桐芳

冠晓荷亲眼目睹亲人邻居一个个死去

哎,我的二太太,就这么死了。

高　第：我拼命地喊着桐芳,我眼睛都快哭出了血,我什么也看不见。我拼命挤进去,我想冲上去,这时候我看见了我爸,爸哎,我脚软身子发麻。这时候我听见枪响,我看见,祁家二爷被子弹打中,我真真儿地看着,血从他胸口流出来了。

冠晓荷：我的瑞丰兄弟,你还没当上特务呢,日本人他不了解你,你不能就这么死了。桐芳哎!

【舞台归于平静
【两个车夫从后场穿过

【天色昏暗，下雪

　　【菊子从冠家院拿着行李出，坐在车上

菊　　子：这一晚上乱哄哄的净放枪了。累死我了。

　　【菊子让车夫搬东西

车夫甲：好嘞，祁太太。

菊　　子：什么祁太太啊。

车夫甲：哦，蓝太太。

胖菊子：什么蓝太太。我什么太太也不是。从今往后我要归回我娘家姓了，我姓李，我叫李菊子。

　　【瑞宣，韵梅，胡同上

胖菊子：大哥大嫂，这么大清早就去遛弯啦？嘿……还不搭理我，打今儿起咱们各过各的啦……

　　【菊子，坐洋车，胡同下

　　【广播里隐隐传来"日本皇军在太平洋与美国激战"

【小羊圈胡同里，李空山和招弟走了出来

李空山：怎么着二小姐。特首也请您去南海开会去了。恭喜您又攀上高枝儿了。

招　　弟：姓李的，说说你到底使了什么门路？怎么哪儿都给我吃闭门羹啊。

李空山：不应该啊，冠小姐您这么出众的长相，谁能不上您的套啊。

招　　弟：算你说对了，告诉你，有朋友介绍我认识了特首的秘书，现在我就去见他。等我见着了真佛，我必定治你个最大罪。这年头，成一件事千难万难，毁一个人，容易的跟放屁似的！

招　弟：你想干吗！出去。出去。

李空山：冠招弟，你到底爱没爱过我。

招　弟：爱你？做你的白日梦去吧。你也不嫌臊的横。撒泡尿照照你那长相。

李空山：那你干吗跟我睡。

招　弟：睡谁不睡谁的，是我自个儿的事儿，上不上心，也是我自个儿的事儿。

李空山：那你就光着屁股给日本人跳舞去，下三烂的婊子。

【李空山冲上去，把招弟拖进屋，掐住招弟的脖子
【冠家小院光暗

【风声起
【瑞宣、韵梅、长顺，出

祁瑞宣：长顺兄弟，我代祁家谢谢你了，谢你告诉我，我爸的下落。

程长顺：祁家大爷，您快起来……

祁瑞宣：爸活着的时候，喜欢在水边乘凉。他说过，河就像是流动的马路，向他招手。他去了他喜欢的护城河，这个世界在爸的眼里已经死了，活着只是他的耻辱本身。

韵　梅：给爸装殓的时候没看见他那件坎肩儿！爸不想那件白底儿红字儿的坎肩永远挂在他身上，粘在他身

上，印在他身上，那是祁家与铺子的一个大黑点子。那黑点子一点点地把爸心里的那点光闹没了。

祁瑞宣：韵梅，爸喜欢自在、清净、干净和快乐。他漂在水里的时候，八成是笑呢，因为那水能洗净他胸前的红字儿。

程长顺：四爷爷一辈子给人家送葬，从来没有马虎过，这回轮到他老人家了，咱们怎么也得把四爷爷和天佑掌柜的丧事儿想法子给办体面喽。

【小妞子从祁家小院儿出

韵　梅：天儿这么冷，别再冻着这孩子。待会儿妈就给你蒸馒头了，再等等。

【韵梅抱小妞子，小妞子靠在韵梅身上晕倒，韵梅未察觉

韵　梅：长顺，四奶奶谁陪着呢？

程长顺：我姥姥陪着呢。

祁瑞宣：韵梅，爷爷这边儿怎么说？

韵　梅：爷爷说横竖老天爷也不能让我们都饿死，他让我把街坊四邻都请来，把咱家存的那点白面全拿出来，蒸馒头。他让大伙一块儿吃，爷爷说把馒头当寿桃用。

程长顺：那吃完了，就擎等着饿死。

韵　梅：爷爷说四爷爷不在了，这灵柩还没出咱小羊圈，他要跟四爷爷念叨念叨。他要让四爷爷看着，他把这八十大寿过了。

祁瑞宣：成，快回屋。外面冷。韵梅，爸的事儿先不能跟

　　　　　　爷爷说。
　　韵　梅：行，等过完寿，我听你的。
　　　　　　【发现妞子晕过去】
　　韵　梅：瑞宣，你快看妞子。妞子这是怎么了。妞子怎么
　　　　　　了，妞子。
　　祁瑞宣：妞子……
　　程长顺：妞子，妞子！

小妞子饿死了，瑞宣夫妇悲痛欲绝

　　韵　梅：你醒醒，给太爷爷磕头去。你磕了太爷爷兴许能
　　　　　　忘了别的，这个喜庆日子才喜庆的起来。妞子？
　　　　　　妞子！
　　程长顺：妞子，快醒醒……

祁瑞宣：妞子，你不能给太爷爷磕头了。那咱就回屋子里
暖和的睡一宿。妞子，你醒醒，别吓唬我……

韵　梅：妞子……

祁瑞宣：妞子……

祁、韵：妞子……

【音乐起

韵　梅：瑞宣，我这腿动不了了。

祁瑞宣：长顺，快扶你嫂子进屋去。

【瑞宣接过妞子

【长顺将韵梅背进祁家小院

韵　梅：妞子，你要是有个好歹让妈可怎么活啊！

祁瑞宣：把门关上！

【瑞宣抱着妞子，在墙角哭泣

祁瑞宣：妞子，你太爷爷说过，他就像秋天的叶子，时候一
到了就得落下去。妞子，你是一朵含苞待放的花骨
朵，你必须得活下去。我知道你不爱吃那共和面，
你不爱吃那连猪狗都不肯吃在嘴里的东西，你有你
的尊严。妞子乖，爸爸是这样爱妞子，疼妞子。妞
子，你不能不要爸爸！

【钱家院门开钱默吟、祁瑞全走出

钱默吟：瑞全，回去吧。

祁瑞全：钱伯伯，我以为我能斩断常人的感情，专心地为
国家做事。

钱默吟：这没错。

祁瑞全：可我忍不住地想我爸我妈和我爷爷。
钱默吟：你爷爷正盼着你呢。
祁瑞全：那我回去给爷爷磕个头。
　　　　【瑞全，看见大哥
祁瑞全：大哥。坐在地上干吗？妞子怎么了？
钱默吟：妞子怎么了？
祁瑞宣：妞子这孩子没气儿了。钱伯伯，您帮我个忙。我不能让爷爷知道。先把妞子放您的屋里躺会儿。
祁瑞全：妞子……
钱默吟：怎么了？快把孩子给我。
　　　　【钱默吟接过妞子，回自家院
祁瑞全：大哥……
祁瑞宣：你进去，先去给爷爷磕头。
　　　　【祁瑞全进了祁家小院，音乐起
　　　　【祁家小院展开，祁瑞全喊着爷爷
祁瑞全：爷爷，我回来了！
　　　　【祁老人从屋里，走出
祁老人：小三儿？
祁瑞全：爷爷。
　　　　【祁瑞全给爷爷跪下
祁老人：真是小三儿吗？哎呦，我的好孙子你可回来喽！
　　　　【天佑太太，里屋出
祁瑞全：妈，我回来了。
天佑妻：二儿哎，想死我了！
祁瑞全：爷爷，妈，我是赶在爷爷八十大寿的时候，让爷爷您能看见这四世同堂，赶回来给您祝寿的。

祁老人：三儿，懂事儿了！真的懂事儿了！

天佑妻：回来就好，外边儿冷。

祁老人：三啊，长结实了，跟爷爷说，这几年你都怎么过的？对，快进屋，进屋咱爷俩好好聊聊。

天佑妻：回来了就不许走了。

【三人进屋

【韵梅从祁家院出，来找瑞宣

【高第开钱家门，请瑞宣、韵梅进钱家小院

【冠晓荷衣衫褴褛跌跌撞撞地上

冠晓荷：桐芳！瑞丰！你们不能就这么没了！我身边不能没个说话的人儿啊。我的苦处没人知道。我的……

【冠晓荷，发现自家院门开着

冠晓荷：嗯？我们家门开着，我可以回家了。

【冠晓荷，看见死在椅子上的招弟

冠晓荷：招弟，你回来了？你妈呢？你妈让你活动的怎么样了？桐芳死了，我跟丢了魂似的。这孩子是累坏了。爸爸不想吵你，可爸爸连个说话的人都没有。我离你远点啊。闺女，你说日本人怎么连蓝东阳、李空山的话都信。爸爸才是日本人的朋友。知道爸爸为什么喜欢日本政府，不喜欢那国民政府。因为他不给你爸爸官做，他们遗弃了北平城。日本人不一样，他们对爸爸客气。闺女，你不是说有个日本女婿吗，快带我见见。招弟，招弟……你怎么了？

不能这么对我，不能这么对我，我们家门开着，我能回家了。招弟，你也回来了？你好好睡，你累坏了。爸爸我自个儿去找日本人。我才是日本人的朋友。我爱日本人啊！那拉人消毒气的鬼车，你们等等我，搭我一段，我要去见日本人，我得好好和太君念叨念叨。

【冠晓荷，疯着从胡同下

【钱家院门开，高第送瑞宣和韵梅出

高　第：祁大爷、祁大奶奶、祁二爷的事你们节哀顺变。

【瑞宣走出钱家，突然腿发软，和韵梅坐倒在地
【音乐起

祁瑞宣：一个被征服的国家的悲哀和痛苦，是不能像桌子上的灰尘那样，一擦就掉的。

韵　梅：瑞宣，我怕。我想不出来爷爷和妈知道妞子、瑞丰、爸不在了，没准儿会伤心地背过气去。瑞宣，我怕我瞒不了人。我这眼泪就像断了线的珠子似的，就这么流着，收也收不回去。要是净光光地这么瞅着妞子，我会把我自个儿哭坏。要是面对爷爷和妈，我又会把我自己憋坏。

祁瑞宣：我明白。哭是减轻伤痛的最好办法。韵梅，到了这个时候我不想哭，我想骂人。我这浑身直抖。妞子卜葬，连件新衣服都没有。我这心紧绷绷的箍着我透不过气来。

通过这次排练我理解了老舍为什么把祁瑞宣这么面貌模糊的人定为《四世同堂》的男主角，他身上有着华夏民族主体的生命精神体现，是施与，但不是没有底线。不是冠晓荷那样的乱世投机者，但也不是乞丐和饿殍。这就是默默支撑着中国向前的大多数"我们"。祁瑞宣和韵梅都是"我们"。每一个观众会把祁瑞宣想成"我"，"我"就是祁瑞宣，"我"就是这么默默支撑，"我"就是这么努力，虽不是在社会里最有话语权的人，但我能坚持到不能坚持的坚持。

（选自《国话研究》"田沁鑫：我有能力让大家都平衡住"/采访者：梁伟）

韵　梅：我想死，要不咱俩死去吧。
祁瑞宣：先把爷爷八十大寿过了。韵梅，咱不能死。咱得活着，活着。活着看小日本被打败的那一天。韵梅，打起精神，扛过去。先扛过去！

【小羊圈内，漫天飞雪
【四奶奶、马姥姥、小崔媳妇、小三儿、程长顺端着三大笼屉馒头，在八仙桌前忙碌着
天佑妻：爸，今天是给您八十寿。您得……
祁老人：我得高兴的起来啊。一个人活着是为了生儿养女，永远不断了香火。我熬着！我熬着！小日本子走的那天，我看是我走在他们前头还是他们走在我前头。钱先生告诉我，要恩怨分明。有仇的我不会忘记，有好处的，我也一定记住！

【祁瑞宣、韵梅、钱先生、高第进祁家
【大家伙把馒头，搬到胡同里
【祁老人站在院里，念叨着
【众人手里拿着馒头，有的吃着，有的看着
钱默吟：天佑媳妇，把寿星请过来吧。
天佑妻：爸，街坊们快到齐了。您的生日……
祁老人：你们刚才说的，刚才我都听见了，不用瞒我……都走我前面了……天佑、瑞丰、小妞子都走在我前头了。生日？这就是忌日！我的八十大寿，我的四世同堂……

祁老人的八十大寿，无寿桃，有馒头，但滋味难受

【雪飘洒下来，落在馒头上

【街坊四邻们，拿着馒头吃着，走着，穿梭着

【悲哀、随顺、无言、不屈，就这样生活着，展示着，在北平城朴素的胡同中，平实的延展着

【风雪的胡同，显现着光芒

【远处，传来日本战败的消息

【京韵大鼓音乐

【尾声谢幕

说书人：老舍先生在开篇序里说，假若诸事都能按计而行，则此书组织为一百段，每段约有万字，共百万字，又分为三段，曰《惶惑》、《偷生》与《饥荒》。我不敢保险能把它写完，即使写完好不好还是另一问题。在这年月而要安心写百万字的长篇，简直是有点不知好歹，算了吧，不再说什么了。民国三十四年四月一日，重病中，老舍。

说书人将书合上，四世同堂的故事讲完

剧终

2010 年 10 月 15 日稿

话剧《四世同堂》演员表

说书人： 孙红雷 刘威 寇振海 尤勇
　　　　 段奕宏 刘金山 吴彼 杨瀑琳
祁老太爷： 雷恪生 侯岩松 陈明昊 刁成禹
祁天佑： 靳大忠 冯政嘉
天佑太太： 刘馨遥 马珊珊
祁瑞宣： 黄磊 张露
韵　梅： 朱媛媛 姜牟远健 杨淇
祁瑞丰： 刘喆
祁瑞全： 蔺达诺
胖菊子： 陶虹 杨晨
小顺子(大)：孟治成 聂永阳
小顺子(小)：张可心
小妞子： 张可心
冠晓荷： 辛柏青 吴彼 桑帅
大赤包： 秦海璐 师春玲 朱敏
尤桐芳： 师春玲 刘天池 康亢
　　　　 张静静
冠高第： 赵炀妍 戴佳
冠招弟： 殷桃 乔瑜岩 张欢欢
钱默吟： 陈明昊 马昂
钱夫人： 康亢 崔婕 贲蓝琪 杨淇
钱公子： 张津赫 吴桐 刘泷骏
钱儿媳： 姜牟远健 张欢欢 张静静

李四爷： 陈强 啜二勇 屠楠
李四奶奶： 李文玲 赵晓璐
小　崔： 邢佳栋 张硕
小崔妻： 刘馨遥 马珊珊
马姥姥： 谢琳 贲蓝琪
程长顺： 马昂 吴桐
小　文： 张津赫 吴桐 刘泷骏
小文妻： 姜牟远健 张欢欢 张静静
白巡长： 张喜前 韩明昊
李空山： 纪原 邓炀
蓝东阳： 赵小川 桑帅 吴彼
其他演员： 张露 张硕 邓炀 华超
　　　　　 李北 李聪 刘子郁
　　　　　 芦佳北 杨晨

话剧《四世同堂》职员表

美　　工：党现义
装　　置：崔金建
灯　　光：平砚昆　　刘　毅
音　　响：赵　楠　　王延生
　　　　　张梓倩
服　　装：朱莉敏　　李　莉
　　　　　孙春侠　　汪　涵
化妆设计助理：刘　恋　李　萌
化　　妆：任军平　　王俊敏
　　　　　元二强　　何　花
　　　　　朱佳琦　　吴夏英
　　　　　何　峻　　柴　缇
导演助理/场记：孙小明　赵晨光
制作统筹：老　象　　聂　笑
演员统筹：乔爱丽
财务管理：王　颖　　马丽雪
演出推广：王娜娜　　唐　静
演出协调：郑力朋

行政统筹：李　霈　　高美雯
　　　　　白　鹏
制作助理：王　谦　　王秋芸
　　　　　曹丽娜　　贾　蓓
宣传统筹：郭　琰　　李　俐
　　　　　李雨茜
宣传执行：梅　生　　张　元
　　　　　李晓枫　　李墙幸
摄　　影：卢北峰　　解　飞
　　　　　李　晏　　王　坤
　　　　　周　京　　田雨峰
　　　　　崔　俊
纪录片导演：苗　展
平面设计：梁明毓

话剧《四世同堂》导演阐释

改编老舍先生的长篇小说《四世同堂》是一件幸运的事儿。因为，老舍先生提供的太多了，做剧本改编就像是在人家丰收的果园里面摘果子，懂取舍，重挑选，便能把好果实呈现出来。

1. 剧本

《四世同堂》是老舍先生写于抗战时期的作品。以北京为背景，描写八年抗战中北京民众讨生活的方式和命运流变过程，是一部描写乱世的"平民史诗"。从"七七"卢沟桥事件，写到1945年抗日战争结束。小说布局严谨，共分三部。第一部《惶惑》，第二部《偷生》，第三部《饥荒》。

剧本改编采用三幕式的话剧剧本结构方式，将小说的三部平移为话剧的三幕。将人物命运在八年中的成长变化，及抗战中的国家情感与个人情感，国家命运和人物命运之间的关系，分布在三幕剧本之中。

一幕，1937年，夏天，小羊圈胡同三户人家出场。乱世投机的冠晓荷冠家，热爱北平的知识分子钱默吟钱家，四世同堂家庭代表的祁老人祁家。面对"卢沟桥事变"，三户人家，三种截然不同的立场。随即，胡同里的居民伴随着各种议论上场，构成这部"平民史诗"的基础形态。

增删数遍的《四世同堂》话剧剧本

二幕，1940年到1941年，秋天，日本人已经和北平人做了邻居。冠家由于出卖了钱家，大赤包做了西城妓女所所长。钱默吟家破人亡，被日本人抓走。祁家小三祁瑞全被大哥祁瑞宣安排出城抗日，最明白事理的祁瑞宣只能在为国效忠和为家尽孝间选择尽孝。因为，北平城出现了吃喝危机，生存问题已经迫在眉睫了。

二幕，1944年，冬天，抗战已经打了快八年了。北平的老百姓民不聊生，路面上已经出现饿死的人，生活苦难至极。钱先生被日本人放了出来，重新回到家中。冠家由于分赃不均被人告倒，大赤包锒铛入狱。祁家大儿子祁天佑被日本人当奸商游街，不堪屈辱，投河自尽。祁家老二祁瑞丰则被乱枪打死,祁老人的重孙女小妞子在大饥饿中饿死。不堪重负中,祁老人悲哀地坚持度过了自己的八十大寿。

1945年转春至夏,日本投降,历时八年之久的抗战结束。

2. 舞美

老舍先生严格按照抗战发展阶段安排故事顺序。但他不写政府作战,只写沦陷中的北平一条普通的小胡同,透过这条小胡同看民族和国家的命运。

胡同是开放的,也是特色的,胡同里的居民们喜欢在胡同里扎堆儿闲聊。但是,重要事件都发生在祁家、钱家、冠家这三户人家院里。如何在舞台上解决室外和室内的关系?我和舞美设计薛殿杰先生,在剧本完成一稿之后就开始创作。因为,舞美的空间设计决定我下一稿的剧本结构。这是一个有趣的创作现象,导演和舞美先行讨论出一个可实现的舞台空间,然后才能将"鸿篇

融合了三家人门楼和胡同风情的舞美设计

巨制"套装进入，按舞台空间流向，铺陈文本。

舞美模型出来，基本一稿就定了。一条胡同，三户人家，祁家、冠家可以打开，小院和室内都能展现。材料选取和技术处理很重要，要将表面上写实的四合院通过透光材质，呈现出立体叠画效果。

多媒体配合舞美，只用作天气和季节变化，跟随灯光气氛而流变，达到"随风潜入夜"的效果。

3. 排练

排练场，国家话剧院四代演员，老、中、青、壮，30多位的不同目光，面临的困难是，如何统一语境，统一表演风格。

2010年7月，正值酷暑。

排练场的墙壁上布置了一些北京老照片，制造环境氛围。我备了好茶、茶壶和茶海，做一次去掉"烟火气"的排练。

去掉"烟火气"的排练场

统一语境是件难事。剧院的北京籍演员人少数,大部分演员来自全国各地,对北京戏的语态缺乏掌握,对北京人骨子里的聊天意识缺乏认知。我提倡演员跟我一起喝菜,外松内紧。因为,这部戏无论排成什么样,都离不开老舍先生和北京背景。我不要求演员都说京味话,但带点儿京味的普通话起码要说好。演员会纳闷,对导演不提表演要求的散漫排练有疑惑,但是要逐渐适应。聊天是一种状态,潜移默化的,我带头闲聊,帮助演员们逐渐找到聊天状态。

　　统一表演风格,是在统一语言后的又一次挑战。老、中、青、壮,四种表演风格相去甚远,老一辈演员受前苏联专家影响,擅长扎实的现实主义表演风格;中年演员伴随新中国成长,年轻时受"样板戏"影响,属于"表现型"现实主义表演;青年演员明星居多,受改革开放后的影视剧影响,多属于自然现实主义表演状态;从戏剧学院刚毕业的少壮派演员,演起戏来认真、规矩,呈现出学院派表演方式。

　　统一表演风格对于导演来说,是最大的煎熬。演员们相互之间的文化认知不同,脾气秉性亦不同,"统一"谈何容易。有时看到不同表演风格在同一表演空间中相互"打架",我惊愕却无力更改。因为排练时间短,我唯一能做的还是喝茶和带着好脾气闲聊。如果导演发脾气,可能一时痛快,直接的恶果就是紧张的"烟火气",这和老舍先生小说中的人物气质都会相去甚远。

　　这次排练的益处是磨炼了我的性情,同时也磨炼了演员,就是这种软磨练,使得旧时年间的北京气质逐渐融入了国家话剧院排练场。

　　一直提请全组创作人员和演职人员,把对老舍先生的尊重,转化为对老北京的喜爱,对北京话的熟悉,对京味儿文化的理解。在两个月的排练时间里,所有人都要尽可能做到"入情懂礼"。作为北京籍导演,我有一半满族血统,祖上和老舍先生也都属一个旗"正红旗"。对北京的热爱贯穿在我的骨子里,对老舍先生的敬重更是发自肺腑的。而对焦菊隐先生早年创立的"中国学派",我则更想继承和发展。

排练场上,田沁鑫祭拜老舍

在老舍先生营造的北京的"人情世故"中,我和演员一边排戏一边修改剧本。

4. 追求

我希望《四世同堂》是一部新现实主义作品。舞台呈现不局限于写实表达。

中国国画精神:竖画三寸当千仞之高,横墨数尺体百里之廻。中国的写意精神和情境说会提供具备文化品格追求的舞台写意空间的拓展。

现实主义的依据,加中国式的写意精神。构成"新现实主义"的舞台呈现。舞台上的小羊圈胡同,正面看像是一条胡同,背面打光,胡同"变为"一幅版画。胡同里面的三户人家会展开内部院落,像小时候的叠画游戏。祁家,

"新现实主义"舞台表现

打开半立体墙面，里面出现一个小院。院里再打开一个老二家房间，冠家，也可以打开院墙，一个院落出现，再打开一个房间又一个房间。演员可以一边演出一边去推景，起到"间离"效果，最早想过电动，电动就没有这个意思了。

现实主义的理论基础：真实、客观地再现社会现实，强调文学、艺术对现实的忠诚和责任。"新现实主义"，更加强调艺术的任务，注重平凡题材的描写方式，表现方式和形式美感。强调表达素朴的人间情怀和人道精神。强调视觉冲击力。在常见的事物中寻求"美"。从而达到耳目一新的视觉效果。创造"新现实主义"的中国表达。

本剧的追求就是"让观众品味中国故事独有的味道，感受与其生活休戚相关的热度"。所以，创作中，我除了尊重"现实主义"戏剧里惯有的人物关系之外，更加重视探求人物的内心世界和精神世界，力图继承焦菊隐先生的"中国学派"风格，更要发展中国戏剧精神的"另一种表达风格"——沉稳但不失刚健。

5. 表达

《四世同堂》的最终表达落在祁家长孙祁瑞宣和长孙媳妇韵梅身上，他们的面貌其实是比较"模糊"的，没有那么坚强，没有那么义愤，没有那么有骨气，没有多少的斗争精神，就像生活中的我们大家，属于面貌模糊的大多数。但就是靠这个多数，构成了华夏民族主体的生命精神！多少民族灾难，我们用沉默"扛"过！多少悲欢离合，我们用注视表达！就像老舍先生笔下的小羊圈胡同里沉默的祁瑞宣一样，用无声的呐喊，坚持到抗战结束的最后！我们虽然在尽忠和尽孝之间纠结，但我们总有底线，我们鄙视汉奸，仇恨出卖国家和民族的行为。我们在默默中担当了一份属于中国精神的文化品格。

瑞宣夫妇正是面貌模糊的大多数，他们构成了民族主体

老舍先生把瑞宣作为《四世同堂》第一主人公，作为沉默的大多数的代表。祁瑞宣当之无愧，这是中国面貌，也是独具特色的中国表达。

老舍先生是一个伟大的作家！《四世同堂》长卷80多万字，洋洋洒洒写了那么多不被社会、世风改变的北京人，变化到处都是，但坚持就在那里。就像老舍先生自己宁愿坚持纯粹的精神投了太平湖一样难能可贵。作为改编者，我尊重《四世同堂》里的人物群像，我对这些从京城笃实的城砖里站出来的带着金属音的过去的北京人，肃然起敬！

2011年2月26日

田沁鑫于台北

注：2010年下半年，《四世同堂》全国巡演。演出到达19个城市，第一站台北，随后深圳、石家庄、上海、南京、天津、重庆、绵阳、西安、北京、青岛、常州、合肥、温州、东莞、郑州、武汉、福州、苏州。剧组83人，老有75岁高龄的雷恪生老师，小到5岁的小演员。行程25000公里，历时六个多月。场场满座。

以"四世同堂"挽救国家危亡
——田沁鑫与韩毓海的创作对谈

韩毓海：北京大学中文系教授
田沁鑫：《四世同堂》话剧导演
访谈时间：2010年4月　　访谈地点：国话会客室

韩毓海：听说你要导《四世同堂》，我很兴奋，你要做"田沁鑫版"的老舍了！
田沁鑫：我觉得我有能力来完成这事。
韩毓海：这次主要难度在什么地方？
田沁鑫：最大难度是原著太长，有85万字。难度集中两点，一是原著主要反映群像，写八年抗战中的老北平风俗画，更适合搞电视剧；难度二，老舍写作的目的性很明确，他就是想"揭露"，所有角色都为"揭露"的主题说话。《四世同堂》的目的性也特别明确，就是写八年抗战中北平城的人物群像。
韩毓海：确实挺难，难度超过你当年改编萧红的《生死场》。
田沁鑫：这次是命题作文，我有一天突然说想排老舍，想抽时间看看老舍的书，第二天，就接到北京儿艺的电话，原来他们买了《四世同堂》的话剧

> 老舍自己曾说过他的最高理想"弄个四合院,生一双儿女,闺女会做针线活,男孩子会读书写字",这是中国文化的最高理想。

改编权,已经过了五年,但一直没动手,想请我排这个戏,等于命题作文。我本人很喜欢老北京,确定后马上就开始做了,什么都没有考虑。当时,国话来了新院长,周志强院长。他也力图恢复国家剧院前身青年艺术剧院和实验话剧院这两家剧院留下来的传统,并在这样的传统上重塑国家话剧院的新形象。剧院这次把最好的演员都聚在一起排这个戏,又把戏的首演直接定在台北,前所未有,无形中增加了难度。

我们今天谈的还是要回到创作这核心问题——今天做老舍,意义在哪?这需要有一个高屋建瓴的高度。

韩毓海:这事的意义太重大。国亡了,民族还在,北京也一直有自己的北京主义。你觉得《四世同堂》怎么在宏观上体现了中华民族的特点?

田沁鑫:老舍的《茶馆》讲的是城市市民的聚集地,是一个封闭的空间环境。《龙须沟》则讲城市底层,也是相对固定的环境。《四世同堂》则是胡同文化的缩影,囊括了四种阶层的北京人,新北京人、旧北京人、正派北京人和城市贫民。城市是国家的缩影,人民是民族的典型。宏观特点就是这两种。你刚才说的北京主义,有点意思。

韩毓海:老舍的《四世同堂》、《龙须沟》、《茶馆》都表现对北京城市的热爱。他自己是北京人,八国联军进京的时候,他爹和他爷爷都为北京殉了城,北京城是老舍对于中国文化命运的具体化理解。北京是三朝帝都,只有在独特的居住条件中才能产生"四世同堂",中国人最高的文化体现也在这个"四世同堂"。但到了现在,"四世同堂"做不到了。有一次汪晖说,"我想尽孝,但是我爸妈在扬州,我怎么尽孝?"要四世同堂,首先家里得有一个大宅子,现在人根本做不到。进入现代以来,中国文化理想是逐渐瓦解的。老舍自己曾说过他的最高理想"弄个四合院,生一双儿女,闺女会做针线活,男孩子会读书写字",这是中国文化的最高理想。但这个理想放在现代社会太奢侈了,即使没有日本人侵,也没法去实现。

老舍之所以写北京的四种人,是他看到文化内部已经有瓦解的点——中

> 一个王朝要崩溃,简直像戏剧性的命运一样,谁来都不能挽救。这种宿命性,不是人力所能够扭转的。

国人保持"四世同堂"秩序的老理,随着社会的变化,已经无法维持——北京人也不讲老理了,这是他们能够在日本统治下忍辱偷生的很重要的原因,当然,这也算是一种"与时俱进"。老舍感觉到了这个变化,但他觉得很难说出来,于是用《四世同堂》写中国人的生活方式的改变,写现代化过程中北京传统的消亡。国家可以被侵略,朝代可以更替——但是所谓民族的美德,老舍认为应该保留。这是一个悲剧性的状况下的写作。

田沁鑫:这个大命题作文轮到我,我很高兴承受。但这次它不再是电视连续剧,而是以相当浓缩的格局完成,这对我来说是一个挑战,很刺激,也锻炼我把很多东西浓缩在小结构里的能力。我母亲有一半血统是北京旗人,跟老舍一个旗,正红旗的,从情感上来讲,我也很期望这次尝试。我母亲知道我要执导这个剧后跟我说,"你终于干了件好事,你是老北京人,应该干这个事。"

韩毓海:看来这次创作确实非你莫属。如果很简单就不用你来做。张爱玲是很难的,非常难,但你做成了,比张爱玲还难的是萧红,你做得更成功,老舍相对她们来说则是容易的。电视《四世同堂》最大的一个特点,也是它的缺陷——把反面人物立起来了,这不像萧红的作品,萧红的作品中没有一个人是真正的好人或者坏人,只不过是命运,甚至是命运的戏剧性造就了他们。比如说赵三,很难说他是好人还是坏人,《生死场》的人物只处于一个戏剧性的状况中,在极端的煎熬下,做选择而已。

田沁鑫:人物的命运是用性格的复杂性来呈现的。

韩毓海:对,行话一句话就概括了。实际上北京城的衰落,并不是简单地北京出了几个坏人或者日本人的入侵。《茶馆》中说,"我爱大清国,可他一下就完了。"一个王朝要崩溃,简直像戏剧性的命运一样,谁来都不能挽救。这种宿命性,不是人力所能够扭转的,用你的北京话说,叫"拧巴了",你导演的《生死场》给人的感觉就是所有的命运都"拧开了"。

但是后来你又反过来写,人其实是有能力和命运去抗争的。《生死场》中,"生老病死"是人的命运,同时"生老病死"也预设了人的能力:生育的能力、爱的能力、反抗的能力、编瞎话的能力、作恶的能力，都有。一开始，所有的人不管怎么折腾，好像都难以摆脱自己的命运，最后却又发现这些人的能力很巨大。电视剧《四世同堂》给人的感觉好像是因为日本侵略造成了北京城市文化的消亡。其实，没有日本鬼子的侵略的话，威武的八旗也不行了，这才是真正历史的，真正的问题。八旗连洪秀全都打不过，只有让曾国藩组织湘勇去打太平天国。《茶馆》里写到，特别爱大清的八旗子民（常四爷）也会被抓起来，这个王朝要出事完蛋了。我觉得，老舍的北京话是语言学的好教材，但要在他文学里找出深刻的历史性来。

田沁鑫：他实在是太天才，但是当时被生活所迫，所以他写连载，写得很多。

韩毓海：你真把他看透了，但有的人就看不透，总觉得写得长就是天生伟大。鲁迅年轻时候写那么多，他没有工资，靠写字吃饭，当然得写多。

田沁鑫：我弄了一个《四世同堂》的人物关系图，但没找到观众感兴趣的主题。观众为什么要去看这个戏，这个戏剧跟观众有什么具体关系？

韩毓海：这个剧的首演不是在台北吗？台北的观众比国民党更有一种自豪感，中华民国亡国了，但还没有亡民族，国家和民族不是一回事。台湾的很多百姓认为自己还代表中国文化，对中国文化有一种复杂的感情。同时，台湾那边喜欢看悲剧，喜欢看一个王朝不可预知的衰落，国民党本身就是如此的命运。萧红的《生死场》则非常符合大陆对于民族命运的记忆，虽然完全戏剧化，本来都是写中国人怎么服从命运，生老病死，像草一样，但最后又反过来，我印象最深的是"二里半"喜欢他的羊，他的最高理想就是他的羊，但最后二里半同志认识到好像国家的事比羊还重要，这也算一种"启蒙"或者"觉醒"吧。

> "四世同堂"中的"世"是时间的概念,"堂"则是空间的概念。

田沁鑫:所有的人最后似乎都清醒过来了。

韩毓海:这符合中国大陆的记忆。我们自身就是反抗的命运,这是中华民族内部蕴含的巨大的能量,能反抗轮回的宿命。我觉得老舍心里始终有一个结,他太喜欢北京了,看到了北京城整个的衰落——不仅是陷落,陷落是战争的用词,而衰落则是历史的大趋势。老舍最后写《龙须沟》的时候很亢奋,因为新来了政权,要把北京城里肮脏污秽的角落都清理,还要修水库,换了新天地,他才突然有一种别样的感觉。对台湾观众来说,他们很容易接受老舍,因为能看到一个文明的衰落,华丽的转身,他们很容易理解所谓的衰落。但对于大陆观众来说,可能萧红写的那个东西更适合。

田沁鑫:我觉得中国几千年来视为最神圣的家庭,是老舍一直倍加推崇的。

韩毓海:过去中国人把家庭看作很神圣,而不是一个简单的社会关系,"四世同堂"是中国文化的最高体现,祭祖、拜神、团圆、给小孩压岁钱,这都是伟大的象征,是文明的标志。现代人把家庭简单理解为夫妻俩搭帮过日子,在老舍看来这就是堕落,但在张爱玲看来,这确实合理的,张爱玲本人是抑制不住地要去毁坏传统的家庭观念,在她看来,家庭的衰落是不能抗拒的悲剧。今天来说,由于整个空间的变化——空间被分割了——整座的城,统一的天下,完整的帝国,都被分割为一块一块,神圣的东西渐渐变成了一些符号和标志。"四世同堂"中的"世"是时间的概念,"堂"则是空间的概念。老舍起这样的小说名字也是想反映原本统一完整的"时空"的衰落和破碎。

田沁鑫:《四世同堂》一开篇这样写:被压迫了多年的中国的青年要从家庭与社会的压迫中冲出去,成为自由人,要打碎旧镣铐,做站着的公民。他们没法有滋味地活下去,除非他们能创造出新的中国史,所以他们反抗。书中的老三瑞全就是其中的一个,他只把中国几千年来视为最神圣的家庭当作一种生活关系,国家危亡的时候没有任何障碍能拦阻住他,他会像小鸟一样毫无眷恋地飞去。

田沁鑫的排练场之
四世同堂

台湾国民党名誉主席连战与话剧《四世同堂》主创及演员合影

话剧《四世同堂》台北首演,国父纪念馆内座无虚席

连战夫妇为话剧《四世同堂》鼓掌叫好

韩毓海：其实当时出现"国家"这个词完全是新词，传统的中国只有"天下"。中国原有的"天下"，不单是被一些保守分子毁掉的，连新生"五四运动"的那些人，也不愿意有"四世同堂"这样的家庭，对"家"的破坏其实很多来自内部。爷爷老了，他希望只要活着就能有一个四合院还在。但是时代造就了瑞宣和瑞全他们——瑞全是不折不扣的新青年，他不愿意在四合院里，他要出去。中国字里的"堂"字，一开始是指高门贵族，"旧时王谢堂前燕"，后来到了明清，一般老百姓家也有堂，厅堂、祠堂等等，是家族集中的地方，这是中国传统空间中的一个关键字，但是家族内部出现了瓦解力量，"四世同堂"渐渐不可能了。

田沁鑫：我们这代人对于"家族"从来没有概念，我们从小在"家庭"中成长，"家庭"是从西方传来的生活空间。所以如果强调"四世同堂"的理想，70年代以后生长的人，根本就没有任何感觉，就只能尽量去体会，但是本身没有情感体验。

韩毓海：对，我们的生活时空已经完全变了，现在用的都是公元纪年，现在大家只知道情人节，并不知道七夕。所以现在不断提倡中国传统节日，提醒节气时令，这是为了恢复中国的文化记忆。《四世同堂》的时代背景是日本侵略中国，现在谁还敢打中国？没有人敢打中国。中国、俄国、美国，谁也不敢打这三个国家。中国现在可以拿出力量来跟世界其他国家拼文化，我们太需要像田沁鑫你这样的人了。世界对中国的要求，已经不是盖多少房子、造多少汽车这样的问题了，而是需要文化上的创新和兴盛。台湾就不大琢磨区域实力此类的事，为什么？已经亡国了，就只能讲文化的事，所以龙应台、蒋勋他们很活跃，但他们不过是在虚幻地重建中国式的时空观。大陆的张艺谋在奥运会开幕式里也试图重建中国式的时空观，但我觉得比较粗放，完全人海的战术，只有一种象征的符号。我觉得老舍能表现得更好，他是真喜欢中国式的家族观和文化观。

田沁鑫：如果文化的精气神没有了，那国家的精气神也没有了。

韩毓海：对，那国家存在的文化理由不存在了。

"有信仰"的坏人在家也只有听夫人的

田沁鑫：具体到《四世同堂》里，老舍塑造的负面人物其实也是有中国传统性格的。比如冠晓荷，我个人认为冠晓荷身上有某一种中国士人"只酬知己"的精神——他大是大非不明白，小是小非却非常明白；他的务实、利己非常明白，所以最后他冲着日本人还叫皇军，只说自己大大的良民，他坚持认为皇军弄错人了，这种坚持精神太"可嘉"了。

韩毓海：他确实特别坚定，他还是有"信仰"的。

田沁鑫：他是一个纯粹有"信仰"的坏人，身上泛滥着一种诚挚的坏，很像某一种文化流氓，很明朗，力求自己生活好，有着一种流氓士的气质。像现代"流行"的投机知识分子。

韩毓海：今天很多人说"美国打进来，我坚定不移给美国搬军火去"。这样的同志很多。还真不图什么，是很有"信仰"的样子。

田沁鑫：我觉得"士"的概念在冠晓荷身上有体现，还在谁的身上体现呢？还在死的那个祁天佑身上有体现，这是一种憋屈到死的劲儿。还有就是钱先生，他是最爱国的，他在小羊圈刚开始里说亡国的事儿，别人还觉得他是个疯子，这听来真荒诞。

韩毓海：现在有多少人在小羊圈里关心政治的事，你知道吗？

田沁鑫：老舍伟大就伟大在有能力直接跨越时空写人，古今有共鸣。我再说祁老爷子，祁老爷子为什么那么恨冠晓荷？

韩毓海：祁老爷子找了一个很体面的北京人的办法，以几千年文明的方式，嫉妒冠家的那个大房子。

田沁鑫：这个老头子很油，很能算计。只不过老了，中国人对老辈还都礼节上尊重。再说祁瑞宣，这其实是最大多数的北京人，他面目模糊，他不直接，从里到外这个人都不直接，是他们家的大忽悠，老觉得自己被这个家拖累了，他这是大多数北京人。

韩毓海：大多数北京人什么样？

田沁鑫：北京人老琢磨，想得特好，但是不做，执行力很低。

韩毓海：北京人要惦记一个什么事，一定把它抬到非常的高度，摆出谱，谁要在北京呆长了，也会受到这样的影响。这是北京人的特点，确实祁老爷子也有这一点。

田沁鑫：反观大赤包，我倒觉得却是一个特别勇敢的人，对谁都骂骂咧咧，最后居然骂到日本人那儿去了，最后把自己的小命赔上了。她跟日本的合作，完全是利用日本来赚利益，这是另一种典型的北京人，特别功利。其实她本身一点都不爱日本。

韩毓海：这部小说最逗的地方，与日本人合作的这些人竟然都是被日本弄死的。北京人长期在天子脚下生活，一直信赖天朝，觉得世上一定有公

> 北京人的乐观主义是相信世界是有准的,上海人认为世界是没准的,北京人总是认为世界是可靠的。

理——我记得当年还有一个"公理战胜"牌坊——北京人对于世界上一定有公理这件事是确定不疑的。

田沁鑫:这是北京人的病根。

韩毓海:北京人认为天下一定是有规矩的,难道还没处说理了,不行咱就到中南海去。北京人是有这个气势的,茶馆里的常四爷不是也执拗这个劲儿被抓起来的嘛。

田沁鑫:北京人有时候真不着调(笑)。

韩毓海:北京人是这样,但北京人对世界有一个光明的认识,北京人的乐观主义是相信世界是有准的,上海人认为世界是没准的,北京人总是认为世

乐观的北京人相信世界上有准的

> 《四世同堂》里没有天生的好人、坏人，每个人都是北京城和北京文化的这一个，他们其实都代表了北京。

界是可靠的——天塌下来，紫禁城不也是好好的嘛。

田沁鑫：说得真好。

韩毓海：大赤包就是这样的一个同志，她对这个世界想得很直，"我给你们服务，我把事情搞好了，就行了。"

田沁鑫：北京唯一怕的是"浑"，真耍浑的时候，对方就没招了，他就得想招，因为乱了。你比如说大赤包不怕日本人，她急了可以找日本人打架去，但是日本人把枪一拿出来，她顿时就无语了，就啥也不知道了。

韩毓海：所以北京人是乐观的，走到哪都乐，我在其他国家的机场，看到一帮人哈哈大笑在机场打扑克，笑得前仰后合、极其爽朗，那一定是北京人，全世界现在都没有这么乐观的人了。北京人认为世界总是有秩序，有因就有果，有来就有去，他们不太会摸着石头过河，走一站上一站。你应该从北京人的深层次性格这里打开思路，在每个人身上挖掘真正的北京生活。

田沁鑫："八年抗战"作为一个幌子，很多人都被老舍忽悠了。

韩毓海：迄今为止的两部《四世同堂》电视剧都只说八年抗战，一帮好人，一帮坏人，再加一帮汉奸，就是这样简单的想法。"八年抗战"不是《四世同堂》的全部，《四世同堂》里没有天生的好人、坏人，每个人都是北京城和北京文化的这一个，他们其实都代表了北京。

田沁鑫：您的话让我茅塞顿开。

韩毓海：你刚才对这几个主要人物的分析，我觉得前所未有，其实说到老舍心里去。祁老爷子说"冠晓荷这个小子也配有一个四合院？"这反映的才是老北京人的心理。

田沁鑫：其实冠晓荷对他挺好。

韩毓海：冠晓荷挺尊重他。他却认为冠晓荷这个小子不配尊重我，"你连尊重我都不配"。冠晓荷倒是一个非常直来直往的人，这也是北京人的特点。

田沁鑫：书中的钱先生也是一种北京知识分子的典型。

韩毓海：现在的北大都是这样的人，"身居斗室、心怀天下"。几乎我所有的同事都是这样,其实就住个三四十平米的房子,但是跟你一坐下来就谈中央政治局的事。大地方的人,纽约人、巴黎人,吃饭都在谈世界上的大事。北京现在已经堕落很多了,台湾的一个国民党最近来北京一趟,回去说真太让人失望了,好几次吃饭,每桌都在谈生意,都在谈钱,这哪是北京人谈的?北京人怎么能堕落到连国家大事都不管了?台湾的国民党官员很不理解。

田沁鑫:我刚才说,老舍是一个目的性非常明确的作家,当时他在重庆,带着对北京城的深厚的情感写了艰苦的"北京八年抗战"。

韩毓海:北京人就这么大的希望:"月圆人得归,花香有和平。"任何一场变革,对北京人来说,必须赋予他伟大目的和目标才行。

田沁鑫:我们这代人,有点像书中的小三这样,最后还是离家出走了,不管是被迫的,还是什么其他原因,我们都要从家庭、宿舍里走出来,但是走出来以后怎么办?安全感在哪里?

韩毓海:人肯定要从家庭里出来,再走进社会,变成了一个公民,原来家庭所承担的那些东西,理论上来说要由国家来承担。新文化运动的目的是先把你从家庭里解放出来或者召唤出来,不是让你去救家,而是先去救国、建国,等建国完了之后,国家再想办法。中国过去有一个好处,城乡差别不大,为什么?因为所有的官员名人在一定年龄之后一定告老还乡,一旦还乡,就等于把他的资源带回到乡间了,填平了城乡之间的差别。今天我们也不能说中国的家庭和家族不起作用,囿于国家现在的能力,给农民的比较少,保障往往还是由家庭纽带在起作用。很多人说,那么多人下岗失业,但是中国还没有大乱,为什么?比如,当时一不小心生多了,一家有四五个兄弟,一个下岗,一个做生意,还有一个是贪官,这个贪官贪了之后,等于说又要解决家里的负担,等于家庭承担了国家的责任。理论上,国民的养老、医疗保险等等都要国

> 集体的关系垮了，同志的关系跨了，但多少年来牢固不破的是家庭的关系。

家来做，但是国家现在做不到，所以如果到医院里去看病，看到那些做手术的一般都会开家族会。

田沁鑫：我们虽然做不到"四世同堂"，但我们依然还是有家庭的观念。

韩毓海：我们在用着"四世同堂"的资源，即使是独生子女，依然是用这个概念。清华大学的一个学者，天天讲中国其实已经有几千年的医疗保障系统，就是我们的家族，就是我们的家庭。总理一听，这不是挺好的嘛，社会也不用再去建设保障体系了，各人家有事自己家想办法，这真是深度挖掘"四世同堂"的资源。

家族权，这是中国文化的特点之一。家庭是中国最有堡垒力的共同体，一切家庭关系都可以来应用。这也是中国有时候解决不了问题，人一当官之后就腐败，为什么腐败？家庭关系挣不脱。比如你叔叔来找你办事，你能不帮？你弟弟下岗了，让你批个条子，在路上摆个摊，能不管吗？每一个官员都会这么觉得很正常。中国很多高层官员很腐败，他对爹好，对妈好，对弟弟好，对儿子好，甚至对小蜜也很好，但他忘了为国家效忠，他们是唯一一批被国家照顾的人，却不照顾国家。

集体的关系垮了，同志的关系跨了，但多少年来牢固不破的是家庭的关系，这个在中国人中相当神圣的，为什么神圣？因为家在中国人的救助危难当中，起了一个社会保障。国家几千年来不管事，全靠老百姓，政绩其实都是靠四世同堂，家族越来越大，以保证自己的安全，你到福建去看，有好多家族的土围子，特别是客家人都是这样。

田沁鑫：现在政府治理国家的方式，很多也都是拿家族的方式来治理，比如说汶川地震之后全国人民都在捐钱，所谓援助自己的兄弟姐妹。

韩毓海：国家已经把国家这套话语变成了类似的家族话语，把所有的人都变成兄弟姐妹的关系。中国人开始不太信，没有上帝，怎么就突然变成兄弟姐妹了呢？但是国家很成功地在这个时候，用老百姓的话语体系把国家的话语体系翻译过来，"你不仅是你妈的儿子，你还是国家的儿子"这种不断地在两者之间转换。过去的"八年抗战"强调国那套,而"四世同堂"看起来则是相反的,实际上我觉得这两套话语是可以互相翻译转换,家随时可以翻译成国,国又倒过来翻译成家,所以最后是"国家"。

田沁鑫：《四世同堂》里大家庭出了问题,别人家死人,叫"伤筋"。自己家里死人,叫"动骨"。别人家死人,有辛酸的感觉,自己家里人死,才渐渐有亡国的感觉。然后到结尾,人们才开始集体抗日,连小崔都响应钱先生抗日了。而所有的人刚开始是这么想的：你日本人到我们这里来,在街上放几个日本兵,也就罢了,住上两三天也就罢了,你总该有思乡之情,从哪里来该回哪里去。

韩毓海：你说的这一套就完全是老舍的话。老舍的整个叙述中没有所谓国家的话语,他把所有当时中华民族国家的语言翻译成了家庭式的语言。当时很多人想对日本人讲的道理,不是中国和日本争霸啊,国家道义啊这些,而是说你算个邻居,在我们家周围晃悠晃悠就行了,你顶多图卢沟桥上的几个石狮子,你竟然还没有完了。

田沁鑫：北京人不是真彬彬有礼,北京人骨子里霸气,彬彬有礼是礼貌,是客气。北京人作为主人已经彬彬有礼很长时间了,最后也忍不住了,不干了。

韩毓海：一套现代国家的外交、政治、经济的辞令永远不可能打动中国老百姓,当这套国家的话语翻译成老舍的所谓家族的、民间的北京话的时候,老舍就成功了。

田沁鑫：祁老爷子都说了,日本距离北京那么远,日本兵会有思乡之情,这不正是家族话语。

韩毓海：老百姓的话里基本都是家族观念,我们党也能把这个带进宣传中去,比如汶川地震等。你刚才讲到祁家的老大老三选择的道路不一样,这特别有启发性,孩子互相有分歧,恰恰是家族教育的成功。清朝时候的康熙有三十个儿子,这三十个儿子起码分成了三派在斗,大家都看过《雍正王朝》

的。一派是太子，一直觉得自己很独立了，康熙有一个很喜欢的小儿子死了，大家表现得如丧考妣，但是太子却表现得很没有心肝，还到处张罗事，"我皇阿玛现在太辛苦了，这个事现在由我处理了。"他那段时间不断在康熙的帐篷外面探头探脑，其实他是觉得自己是太子，康熙已经很痛苦了，他本人作为太子必须担当起来。但是康熙觉得他太没有心肝，小弟弟死了，怎么能这样精神？而且探头探脑刺探我的情况，于是直接把太子废了。后来还有一拨积极上进的，就是八阿哥。所有人都觉得八阿哥好，什么都好，太子已经废了，宫里不能无储君，就搞民主选举，结果所有大臣都投给老八，康熙又是特别气愤，"你做儿子的怎么表现这么好？我还没有死，人心都到你那去了！"最后皇位就落到了胤禛头上，就是后来的雍正，他做阿哥的时候天天在家念佛，韬光养晦。这几个皇子，虽然人生观不同，但是要争优秀这点上还是有一致性的。《四世同堂》里的祁家三个孩子也是一样，老大说这个家我得承担着，老三说自己很优秀，可以像鸟一样飞远，老二也觉得自己优秀，但是却认为家不是就得靠我，大家各自对优秀的评价意义是不同的。

田沁鑫：祁老太爷的大孙子比较优秀，也刻苦，温文尔雅，彬彬有礼，不大说话，老调解矛盾，也没有大出息，但混得还可以，比较平安，他的孩子也比较安定。老二则是锋芒的，热爱投机的。老三的优秀就使错地了。所以老爷子不太答理老三，觉得他不为家里做事，老在外面乱窜，对老二倒是挺答理的，老二嘴巴特别甜，但后来也没有戏了，他娶了个不着调的媳妇，他靠媳妇，后来媳妇分家闹得厉害，家里人对他也很失望。

田沁鑫：这次选在台北首演，我们的设计挺好，放在国父纪念堂首演。
韩毓海：孙中山没有问题，天安门旁就是孙中山的照片，孙中山是中国革命的伟大先行者，是国父。唯一的缺憾就是他不是北京人。

冠晓荷身上还有今天所谓的某些"公共知识分子"的形象在里头。

田沁鑫：毛泽东，这个湖南人很早就到北京来求学工作，其实非常了解皇城。蒋总统就不了解皇城，蒋夫人宋美龄从小在美国长大，受的是美国文化的洗礼。从南京的总统府门口看就知道他们对中国皇权文化的忽视。咱们紫禁城要过十二道门才能见到皇上，正南正北，而南京的总统府大门和门口的大路一比，都是斜的，蒋总统在中国称帝，不顺应中国皇权传统，实在冒险。

韩毓海：孙中山跟北京关系还是挺大的，他最后是在北京逝世。

田沁鑫：这个《四世同堂》，怎么弄才能让人民群众看了以后能高兴地接受北京的文化信息呢？

韩毓海：你弄完了以后，人民群众保准高兴。

田沁鑫：怎么弄才能让知识分子、精英同志看完以后，也觉得有思想呢？

韩毓海：这个标准没法达到。

田沁鑫：所以要找您谈谈，要好好谈谈。

韩毓海：从你前面谈的，我相信这次真正看到了《四世同堂》，以前都是"八年抗战"。老舍不是没有国家的意识，他只是把国家的话转换成了家族的事，而你塑造的这几个人物确实是别开生面，研究老舍这么多年了，没有一个人像你这么定位人物的，绝没有。冠晓荷这个人是一个"士"，他是"士为知己者死"，这个年头，竟然有"士"，滑稽生错时代了，他是真为太君而死的；还有祁老太爷爱说的一套理，他搞那么宏大的叙述其实是为了达到具体的目的，还有瑞全，他在书里并不是一个多鲜明的人，但你刚才一句话说得很好，这个小子第一件事就是先把家毁了，再像鸟一样飞出去，他先把自己后路绝了。

田沁鑫：他是真先国家后个人的。

韩毓海：对，这一百多年以来，国出现了问题就让家担着，没有彻底崩溃，一到国难的时候就先翻译成家仇，当你把瑞全的命运置于"国"与"家"的脉络中时，你已经接受了瑞全的戏剧性，这是一代人的戏剧性。

田沁鑫：我觉得冠晓荷身上还有今天所谓的某些"公共知识分子"的形象在里头。

韩毓海：你说的太对了，就是所谓的"公共知识分子"形象。中国的事很多都坏在知识分子头上，中国知识分子最爱骂政治，但是中国的政治是由什么人构成的，正是由他们构成的，所有官员都是从大学里选拔出来的，名牌学校毕业选拔出来。

田沁鑫：有一些所谓公共知识分子极其投机，而且高调，越投机越高调，看看网络上，实名制的知识分子很多，说话都特别高调。

韩毓海：我说不太清楚中国的出路在哪，我抱着这种想法，不能名垂青史，但也不能遗臭万年。我觉得有一个说得很好，"身居斗室、胸怀天下"，我们身边生活过无数这样的人，这是非常真实的。

田沁鑫：老舍写了像冠晓荷这样一批的投机者，人都非常的明澈，不藏着，"坏"得很明朗。

韩毓海：对，就是"天真的无耻"，要达到天真的无耻是非常不容易的。时代崩溃了，这样的人就逐渐出现了，这是很清楚的。

田沁鑫：现在很有这个趋向。

韩毓海：这样一个大时代当中，人确实没有能力活得那么深沉，大时代往往催生肤浅的人，你会看到一帮肤浅的人，他们快乐、明澈、简单，但就是肤浅。现在的中国从中央到地方，有一大批肤浅的人，对文化的理解不足，对内在的危机也理解不足，很多变化都不知道，但却喜欢包装。比如说导演当中，对于张艺谋，可以说他明澈，而冯小刚就显得肤浅，所以这样的时代他反而容易出来，因为他简单。再像当年明月，他也很有意思，他不愿意去百家讲坛，他考虑的太多，知道的太多，所以他不可能无知者无畏地冲出来，反而是简单、天真、无耻者们，遇到这样的时代，他们更容易成事。

田沁鑫：特别容易成事的也容易被灭掉，因为他们的简单。

韩毓海：肤浅的人想问题非常简单，反而特别容易成事，前段时间中央党校找一些干部到美国肯尼迪学院去学习，有一个市长说肯尼迪学院的路怎么这么破？要是他做主，一年之内就把整个学校周围都翻修一遍。这样的时代当中，头脑简单者能把生米煮成熟米饭，头脑很简单，但是做事很直接。

田沁鑫：确实这样。

韩毓海：大家看冯小刚的电影，他喜欢给观众虚幻的轻松，所有事情处理很简单。他的好处就在于他的肤浅，在于他没有听完话的后半截就已经把前半截实现了。

田沁鑫：现在的时代可能比老舍先生的旧时代还要肤浅，《四世同堂》第一主人公是祁瑞宣，他是一个有家国情怀的传统知识人，所以作为主要角色。但是后来的《四世同堂》电视剧等，坏人反而是主演了。

韩毓海：黄纪苏前段时间的总结有点道理，他说现在的戏剧没有办法

北京坏人们凑齐一桌了

弄，好人怎么演怎么不像好人，都不吸引人，坏人倒是怎么演怎么像，简直就不用模仿，这是时代的病症。像瑞宣这种头脑简单的正面人物该怎么演？

田沁鑫：瑞宣是有着模糊面孔的实在人。钱先生是另外一种疯子，也比较突出，都疯成那样了，也成了一道亮丽的风景线。

韩毓海：钱先生也非常搞怪，你要把他移到我们今天，你找这个人，看能不能找到。比如说我们学校的钱理群老师？而李空山、蓝东阳他们，则是另一派的神经病，真正的精神病。但这帮人不觉得自己是精神病，只有在你的舞台上，观众才能发现，他们其实是精神病，但在现实生活当中，我们不会觉得他有问题。

田沁鑫：我特别想在这个戏里安排一个场面，冠晓荷后面有一排粉丝，钱先生后面有一排粉丝，两群排粉丝对打。

韩毓海：那肯定很有意思。

田沁鑫：老三瑞全是真崇拜钱先生。还有谁崇拜钱先生呢？其实是冠晓荷，我在原著里面看出了一点点潜流。尤桐方是冠晓荷的小老婆，她极其崇拜钱先生，甚至就是暗恋，这让冠晓荷有点吃醋。

韩毓海：尤桐方追求完美，她的精神归钱先生，她的肉体归冠晓荷。

田沁鑫：尤桐方傻傻地崇拜钱先生，带着冠晓荷他们家闺女高第也崇拜钱先生，等于出了一帮崇拜钱先生的粉丝。

韩毓海：钱先生有一批崇拜者，但是他自己也会鄙视这些崇拜者，像尤桐方。所以他有独特的一面，有锋芒，也偏执，所以能立起来。

田沁鑫：整本小说看下来，老舍先生真棒。

韩毓海：《茶馆》是老舍自己写的，所以成功。老舍的东西被别人搞好像都不太成，净改成"八年抗战"了，往这个路子上整是死活没有戏的。使中国现代名著重新活起来，只有你做成功了，过去没有人知道《生死场》为什么好，它其实一个残篇，但是《生死场》话剧好，带动了很多人又去读萧红，掀起新的萧红热。张爱玲作品很多，被拍成电影的很多，但是用你的戏剧解构的能力去导演，从来没有过。老舍的《四世同堂》虽然很难，但我相信你一定能有极具创新性的办法。

田沁鑫：到现在还没有找到，还真是有点不自信。因为精准把握精神文化是最难的，别看市民文化的东西有点浅薄，但是操作很难，皇城的文化太复杂，不像《生死场》接触终极问题，张爱玲则是从家庭问题引发到社会，它们的角度都是单打一的。《四世同堂》却是一个群像，都待在皇城里，人太丰富，层面太多。

韩毓海：老舍怎么说呢？他也有不如你的地方，哪些地方不如你呢？老舍是老实人，他还憋屈，所以戏剧性都压在文字下面了。而萧红呢，她不知道自己有才华，就会闷着头写，写到哪算哪，所以改编她的戏要把她的才华都挑出来。张爱玲表面太油滑了，所以要收束一下，不收束就要胡扯了，现在很多80后的小女孩写东西，都学张爱玲的调调，一不小心就肤浅。老舍没有，他是那种要留一点忠厚仁义、道貌岸然的北京人，毕竟是北京嘛。

田沁鑫：老舍爱北京所有的，但他后来为什么要自杀？他是一个目的性很强的人，其实这个人心重，他放不下。

韩毓海：他一辈子最苦闷的事是没有入党，这件事对他压力非常大，每到党开会的时候就不喊他，所以他觉得自己还是不受重视，他把这个事看得很重，他就是觉得入党好。后来他的投湖其实也是一种"士为知己者死"。从这些复杂的历史背景里面，你如果能够抓出最有戏剧性的话来，那就特别好了。刚才听了你念的开场那一段念白，非常好，你把老舍的局面彻底打散了，老舍刚开场比较闷，你现在的开场像一个歌剧，众声喧哗，语言纯熟。这个开局比老舍的开局好。这就是你的优点，能给大师做手术，两三刀就找到办法使他更好。

田沁鑫：我们费了好大劲儿把85万字缩成2万多字，第一步完成我们庆祝了一下，但是感觉没啥劲，没意思，于是再统一稿，争取有所突破。也就如果没有很多汉奸冒着炮火跑，就不会有田汉的"冒着炮火前进"。

是说，一定要让当下观众觉得这些角色活得跟自己特别有关系，剧里面不是简单地说过去的事，而是和现在也有联系。每一个人的目的也很明确，这个人说讨厌那个政府，那个人就说亡国跟我没有关系，再有一个说亡国啦，痛心疾首的，带着强烈的诗人气质，然后又出来一个稳定大伙儿情绪的，说没有啥大事，该怎么过就怎么过，最后这些人七嘴八舌地说，从炮说到旗子，从旗子说到狮子，完全不着调，特像北京人扯闲片，胡扯的一种。

韩毓海：扯闲片像伴奏，但主题一定要清楚，这个决定从哪里进入。"乱世"是一个非常鲜明的主题，一下能把这些人都定住。老百姓扯闲片，从满洲扯到日本的关系都是可以，但冠晓荷这个设计太好了，太凸出了，乱世，炮响了，他却冒着炮火跑。我一下子想到了《义勇军进行曲》，抗日战士们"冒着敌人的炮火，前进，前进，前进进。"汉奸冠晓荷原来也在冒着炮火前进，这个太有意思了。实际上如果没有很多汉奸冒着炮火跑，就不会有田汉的"冒着炮火前进"。这种场景，很少有中国人不兴奋的。冠晓荷的这个开场，很容易就把冠晓荷和大赤包这一家人给立起来了，同时观众又很容易地切入到作品中。

田沁鑫：原来我看老舍的东西，一直想象不出外景。最后弄出了大家拉着车跑这个场面，一下子就把冠晓荷他们的心声倒出来了：乱世好啊。

韩毓海：这是一般人想不到的，你太简洁了，锋芒也表现出来了。

田沁鑫：冠晓荷没有普通人那种被战争吓住的感觉。他就觉得这个事很明白，就是机会来了，他才不管改哪个朝，换哪个代；也不管是中国人赢，还是日本人胜，他根本没有想过这些所谓的民族大义。

韩毓海：在我们现实世界中，整天想改朝换代、民族大义的事的人好像被看做精神病了，冠晓荷倒不被看成精神病了。冠晓荷这小子，脑子确实灵活，抓住他这一点演绎，就能够抓住观众，让观众去多思考冠晓荷的这个人和他的行为。

田沁鑫：看来这个开场还行，大赤包也很逗，"我当多么大的事儿呢，不就是几个日本人。"这语言也特棒。

排练场上充满希望的冠晓荷冒着炮火跑官

韩毓海：北京话现在已经是非物质文化遗产了。中国的话剧语言是根据苏联发声法学来的普通话话剧，看来国话也是一直有北京话的传统的。

田沁鑫：我刚才说的北京话，已经稍微简化了，演起来的话会有点小障碍，但是对台湾观众没有问题，因为是比较明朗的语言状态，没有过多缠绕的东西。咱们的方法是对的。老舍的语言很多都是西城话，我姥姥说东城话，"大姑娘，您慢走，有空家来坐"，都是这样的，听着特别厚道，声音甜，还雅；《龙须沟》就带点南城的语言，"小王八蛋"这种，比较冲。而东城味的那种北京话，音调往上走，挺难学。文化人和胡同平民说话也不一样，不然舒乙先生他老人家也会挑眼的。

韩毓海：这次老舍也沾点你的光，你怎么整都成。历史已经证明了，按照你的办法整肯定是正确的，错不了。

田沁鑫：但是我做《四世同堂》，有人说还是不务正业呢。

韩毓海：不可能，你在话剧导演方面有天才。《四世同堂》这个剧，你大胆按照自己设想的方法去开展就可以，你擅长这个。萧红改编得很好，张爱玲也弄得很好，没有人不喜欢张爱玲，但把张爱玲拔起来的人是你，以前张爱玲的作品，比如《红玫瑰与白玫瑰》等等，港台拍的，连导演自己都没有搞清楚张爱玲想要什么，反正就找明星弄，完事了，还不如《色戒》直白。把张爱玲改编得最好的就是你。张爱玲的语言本身有戏剧性，但是张爱玲的作品结构性差，怎么能在一个时空当中把它框住呢？这个是很难的，但是你找到了最合适的时空结构。

这个时代有像你这种能力的人不多。我是做现当代文学研究的，我熟悉《生死场》，一般人不会觉得文字版的《生死场》特别好，因为原著确实太乱，有点看不下去。甚至我也不认为老舍的《四世同堂》写得有那么好，这也是所

田沁鑫、李东陪同舒济、舒乙观摩舞美微缩模型

> 光有对话好没有用,话剧不是说相声,更不是郭德纲。

有的人都很难把它改好的原因,《四世同堂》没有波澜,结构上偏散,没有办法弄,能想到的最直接的办法就是李安的办法,加点黄色镜头或者加点抗日就结束了。《四世同堂》有点浪得虚名,第一,它是老舍的作品,第二,抗战期间没人写长篇,只有老舍一个人写长篇,写了整整八年抗战。但是为什么第一个《四世同堂》的电视剧会那么火呢?因为里面有一些名演员,原来中国人民是不大看电视剧的,恰恰这是刚刚出来的第一个长篇连续剧,这个电视剧里如果没有演大赤包的演员,如果没有李维康,那就什么都不是了,连小妞都演得非常好。我是看不下没有波澜的东西,我今天第一次听到有波澜的,就是刚开始冠晓荷的"冒着炮火前进",你真是把这个剧给救了。

田沁鑫:这个剧结构一般,对话真不错。老舍先生会写对话,会写内心的人,结构上真正好的是焦菊隐先生。

韩毓海:我不太懂你们这一套,但我觉得光有对话好没有用,话剧不是说相声,更不是郭德纲。开头那段对话是很好的,但是如果离开冠晓荷重要的过渡,对话再好也没有用,再好就变成说相声了,有什么用呢?不是不要对话,对话好当然也很好,但这些是怎样串起来变成一个戏呢?确切说老舍先生没有实现,老舍不太会整一个完整的东西,但我觉得你肯定能够,你就放心大胆地去整吧。

戏剧学院和电影学院的人能够把东西拆了再装起来,这确实是有一套,包括人物分析等,这太重要了。中文系所谓的作品分析、人物分析和你们不一样,有点纸上谈兵。

田沁鑫:好多画画的人也会把观察到的东西先拆了,再装起来。好画家讲神品、逸品,局部就能带动整个气象,比如齐白石,刚开始看不出好来,看着看着,就特别有感觉。

韩毓海:我觉得您真是打通了很多艺术种类。

田沁鑫:跟您说话太愉快了,您太亲民了,太会夸奖人了。

民族的抗战力量深藏于民众之中
——田沁鑫与孔庆东的创作对谈

孔庆东：北京大学中文系教授
田沁鑫：《四世同堂》话剧导演
访谈时间：2010 年 6 月　　访谈地点：北大温德公寓

孔庆东：《四世同堂》是北京的文化特产，其他地界上很难出这样的作品。抗战时上海也沦陷过好几年，但就出不来《四世同堂》这样的东西，上海没有自我反省。中国最该反省的是上海，但上海没有这种反思的精神。

田沁鑫：上海更虚浮一些。

孔庆东：我觉得好多别的大城市都有对自己文化的解释，武汉也有。池莉把武汉小市民的东西，世俗、泼辣表现得淋漓尽致，武汉人看着挺高兴，觉得武汉人就是这样，反而显得大气。上海人时时刻刻老想着说自己好，这就有问题了。

田沁鑫：话剧《四世同堂》定于 2010 年 10 月下旬在台湾国父纪念馆首演，然后从台湾演到大陆内地，演到上海、深圳等十几个城市然后演到北京。

大家对孔老师一直比较敬仰，您看问题眼光比较独特，又非常幽默，对老舍有专门的研究，所以想跟您有深度的一个合作，一直到我们戏演出，包括

《四世同堂》演出2010年时间安排表 2010年8月4日版

时间	地点	内容	备注
7月30日下午14时	国家话剧院第二排练场	建组	
8月5日	满福楼	**家宴——暨演员阵容发布会（演员）**	
8月上旬	国家话剧院第二排练场	排练	排练时段分上下午晚上三个时段
8月中旬	国家话剧院第二排练场	排练	
8月下旬	国家话剧院第二排练场	排练	
9月上旬	国家话剧院第二排练场	排练	
9月13日	国家话剧院第二排练场	连排、院领导审查	
9月27日至10月7日	中戏剧场	**合成、彩排**	约两周时间需演员全体参加
10月上旬	国家话剧院第二排练场	**道具运输出发，演员在排练场继续排练**	
10月23日至29日	台湾	分批抵达台湾	
10月30日	**台湾国父纪念馆**	台湾首演	
10月31日至11月2日	**台湾国父纪念馆**	台湾演出	4~5场
11月10日至11日		分批抵达深圳	
11月13日至14日	**深圳保利剧院**	演出	2场
11月中旬至12月底		待定各周末各地巡演	
11月19日至20日	南京或杭州	演出	2场
11月25日至28日	**上海美琪大戏院**	演出	4~5场
11月19日至20日	杭州或南京	演出	2场
12月10日至11日	天津大礼堂	演出	2~3场
1月13日至23日	**北京天桥剧场**	演出	9场
4月中下旬	国家大剧院或保利剧院	演出	
8月	**国家大剧院**	演出	国家艺术院团优秀剧目展演

大字颜色标记为确定部分

话剧《四世同堂》演出安排表

台湾的演出。现在我们剧院拿出最强的阵容，我们也要借《四世同堂》展示一个剧院的"四世同堂"的阵容，老爷子是雷恪生老师。秦海璐演大赤包，大嫂是朱媛媛，胖菊子是小陶虹，也像。招弟是殷桃，演钱默吟的是陈明昊，在我导演的《明》里演朱棣，很好的演员。冠晓荷可能是由辛柏青扮演，还有一个说书人串场，定了孙红雷，他已经答应，这是我们剧院从来没有过的阵容。

孔庆东：阵容很可观。有感召力，是真大戏。

田沁鑫：我们的执行导演是我们表演系的年轻教师刘天池。

孔庆东：现在结构上怎么办了？

田沁鑫：现在是三段式，《惶惑》、《偷生》、《饥荒》，三段式是中国原创作品形成的一个模式。如果对剧本有贡献，三段式的这种结构方式是一个贡献。《茶馆》就是一个典型的三段式。在对老舍先生作品的阐释上，我觉得很有贡献，可以传承，是一个新传统。

> 北京人其实特好事，出了事，大家会特别兴奋，尤其是罢工啊，出事故了，都高兴

做这样一个比较有规模的大戏，三段式也比较符合，两万多字，第一段是卢沟桥事变，整体的形象展示，卢沟桥一开炮，冠晓荷、钱默吟、祁老爷子三个人，一个说："开炮好，我不爱咱政府，因为政府不给我做官，所以我就不爱他，不爱政府就不爱国，这个国亡不亡跟我就没有关系了。"这是冠晓荷。然后说："亡国了，我眼看着几十万黄蹄子践踏着我，我得忍，城门一开，国就亡了。"这是钱默吟。祁老爷子则说："不出三个月就过去了，风水宝地，什么能在北京城里打得了仗啊，八国联军，八国一块打那不还得走啊？日本多远了，怎么也得有个思乡之情。"然后就带来了整个的小胡同里面的人物，看起来都在说政治，最后说成日本人其实想要卢沟桥狮子。扯到狮子上，竟然聊出了对胡同的感觉。当年焦菊隐导演在做《茶馆》的时候，他说必须要有城市噪音，叫卖、唱、骂等等这样的城市噪音。这次我也想把北京旧时胡同的记忆收集起来，但这次跟《茶馆》不一样，跟《龙须沟》不一样，《茶馆》是相对封闭的环境，《龙须沟》是院落里的几家人，而《四世同堂》是讲胡同里的几家人，这是一个空间上的难题。

孔庆东：我一看写胡同，就觉得很难弄。

田沁鑫：是不是能够把胡同开放点，把北京最有特点的胡同在舞台上尽量展现。第一段落基本上把几家人给弄清楚，带出的事件就是卢沟桥事件，再有钱先生的儿子开着车把日本人给带沟里了，但是冠家老大高第爱上了钱家老二，高第骑在墙头上说，"仲石，我爱上你了。"以这个作为胡同的第一幕《惶惑》的结尾，所有人带着一种出大事的兴奋，北京人其实特好事，出了事，大家会兴奋，尤其是罢工啊，出事故了，都高兴，爱参与讨论社会问题，讨论世界格局问题，讨论政治问题。冠晓荷也是，"时局问题，你们这些拉车的知道吗？"然后拉车的也可以议论议论，不知道政治就不是北京人嘛。这么一种群像，也带出了三家人纠结、矛盾和冲突，这是带有兴奋感的第一幕《惶惑》。

第二个幕叫《偷生》，这一幕有强烈冲突，日本人来了，待的时候比较长了，而且还有日本人来做邻居了，然后就都开始难受，难受的过程里面，什么

> 老舍是要写一部反映抗战的巨著,但它不叫"八年抗战",而叫做《四世同堂》,这是一个文化的视角,不是一个政治的视角。

事都出来了。大家觉得日本人来了,生活越过越差,有人甚至想走,矛盾比较激化了。

然后到第三幕《饥荒》,大家都被日本人逼急了。北京人有大国子民风范,每个人跟爷似的,你日本人赖在我们家,我先不说什么,然后你住长了,你让人讨厌了,最后实在忍无可忍,就没有理智了。最后开始死人了,连瑞丰都打人了,小崔也打日本人,连刘棚匠都抗日去了,所有人都不干了,形成了一种整体的抗争,这种抗争也比较愚昧,没有多大计划,但是一种真正的抗争。北京阡陌纵横的胡同的格局有点像人的经络,从第一幕开始就死人,大家看着一家一家的有人死去,钱家儿子死、钱太太一头碰死,胡同里的人都震怒了。但这都是别人家的事,胡同是伤筋但不动骨。然后到了祁老爷子他们家,天佑死,瑞丰死,到小妞子死的时候,胡同原本的自然格局被彻底打破了,祁老爷子实在是郁闷到极点了,他终于抱着妞子说亡国了。当每个人意识到自家真出问题的时候,才意识到国家真出问题了。

您刚才说《四世同堂》之前没有这样的作品出来,这是一种带有反思的作品。老舍先生是在重庆写这部小说的,他老婆孩子给他讲北平城的状态,他才构筑出这样一部《四世同堂》,要是跳出来看,这种写作真带一种荒诞性,人没在这个地点,却靠想象还原出了八年北平沦陷的生活,这很有意思。同时,这部剧为什么没有叫做"八年抗战"?为什么叫做"四世同堂"?我觉得他可能先看出"家"对国家命运的关系,他不想直接从"国"这样太大太宏观的角度进入,所以他只先写"四世同堂"。

孔庆东:我上课讲老舍的时候也这么讲。老舍是要写一部反映抗战的巨著,但它不叫"八年抗战",而叫做《四世同堂》,这是一个文化的视角,不是一个政治的视角。如果叫做"八年抗战",那整个就得重写。小说的背景是在北京沦陷期,可以说是抗战史,但却没有写抗战,如果换成一个共产党作家或者是国民党作家都不会这么写。共产党作家要写武装斗争,肯定把老三瑞全做主人公,所有人以他为标准的话,就很落后。国民党作家也会写斗争,但国民党可能会主要强调地下斗争,就是《野玫瑰》的路子。共产党则认为老强调地下斗争是不对的,但到现在我觉得间谍戏也挺好,都是抗战的,不管共产党还是国民党,反正都是强调要斗争,老舍不是共产党,也不是国民党,斗争对他来说非常次要,整个《四世同堂》里面看不到什么斗争,抗争很少。

老舍是一个大众作家,他和毛主席讲的要和工农兵相结合的作家是不一样的。老舍是作家,同时又是平民,他自己就是老百姓,跟郭德纲、赵本山一样,不存在结合的问题。所以他的眼睛就是老百姓的眼睛,他没有看见斗争,人群里肯定有政府的间谍,八路的间谍,他没有看着,他看到的就是老百姓。在他看来,即使没有这些武装斗争,中国也亡不了,他是模模糊糊地觉得亡不了,但他总要批判,老舍对国民性是有批判的,但老舍的批判和"五四"那拨作家是不一样的。现代文学巨头里面,除了老舍,其他人都是"五四"出来的作家,都是要改造中国,都说旧中国这不好,那不好。但老舍和他们不一样,老舍有一个悖论,比如祁老爷子是苟且、偷安、只想自己、不想国家的人的代表,但老舍反问我们:这样有什么不对吗?这个问题就比较深了,人不就应该这样活吗?

"我不管政府,我管我自己过日子,我就管我的四世同堂,我就要吃白面"这些东西本来没什么不对,但是这一套理论最后发生问题了,日本人不管祁老爷子的这套理论,他的"四世同堂"没有办法实现。千百年来,日本和我们的规矩是一样的,但日本要超越,要脱亚入欧,学习英美,他就把英美的坏处学到极端,《四世同堂》里面也写的,最后驻在中国的日本的主妇都上街去抢东西了,穿着和服,穿着木屐,好像挺文明,但是到了菜市场,全都是硬抢,日本的文明异化了。这个时候,我们的国民性才被看出问题,老舍的复杂在这里,他对国民性的批判不是本质性的否定,而是怀着感情的,虽然他觉得挺好的,可是已经不行了。

我记得《四世同堂》的结尾,瑞宣对老爷子说等您过九十大寿,因为那时胜利了,这又回到做寿的问题上,绕一圈还要回去,他等于又发出一个质问:我们中国人就这么过,凭什么不行?老舍作品里老是有这么一个声音,《茶

> 北京人中有一种非常伟岸的力量，一种深处的力量，这种力量在长时段里才能感觉到。

馆》里的王利发问：我一辈子没有得罪过谁，王八蛋们都有滋有味活着，凭什么不让我吃窝头啊？《骆驼祥子》里的祥子也有这么一问，我好好干活攒钱买车，生活的理想却一次次破灭，谁都给我把车抢走了，凭什么？老舍始终有这么一个疑问，他自己不能解答这个问题，他不是理论家，不是周扬，这个问题就像屈原的"天问"一样，这个问题其实很复杂。北京的胡同里、街头上老百姓爱议论政府，但是议论到最后也是没辙，只能通过议论来发泄，特别是我打车跟的哥聊天的时候，他们知道很多事，但聊到最后他也没辙。

田沁鑫：北京人聊天就为了聊天，没有特别的目的。

孔庆东：但从聊天里能感觉到非理性的力量存在。

田沁鑫：有宣泄。

孔庆东：别给他招烦了，其实我能感觉北京人中有一种非常伟岸的力量，一种深处的力量，这种力量在长时段里才能感觉到。它慢慢涌动着，反应不激烈，短时间内会吃亏，也能够经得起短时间的吃亏。祁、冠、钱这三家人互相包容住在一个胡同里，互相有看法，但是能够来往，这就是中国文化的结构，后来有几个转折点，冠家做事做过分了，才渐渐被大家看不起。

田沁鑫：还有一个就是妒忌，祁老爷子的大院没有冠晓荷家的好。

孔庆东：这是他的心病。

田沁鑫：他那是正方四合院，费了半天劲，也没有冠家的大。他挺郁闷。

孔庆东：《四世同堂》这部戏其实写中国人坚韧的力量，什么力量呢？中国人的力量就是比过日子，这是中华文化的力量。中华文明不善于抢东西，不善于打仗，一打仗我们经常失败，中国人打仗是胜少败多。但是你看中国人越来越厉害，靠什么起来的呢？靠过日子。因为打仗的时间毕竟少，打完仗不还得在一块过嘛。你把我征服了或者我把你征服了，最后还得在一块过日子；一过日子，中国人的优点出来了，谁都比不过。中国人过日子确实厉害，有文化没有文化都有一种自觉的理性，他知道挣来的钱多少用来消费，多少用来再生产，规划的特别好。所以看世界各地的华人，两代起来就能够控制当地的经济。外国人不想别的辄，根本就战胜不了中国人。和平过日子是中国人的最大优点，不是说中国人品质上爱和平，是因为和平对中国人有利。你只要和平50年，中国就没有治了，谁也遏制不了他。所以西方一定要改规则或者是发动战争才能够把中国的优势抵消了，鬼子老想办法变规则，中国人不怕规则，就怕变规则，你把一个规则定下来，比如早上磕几个头，晚上磕几个头，定下来，定下来之后中国人慢慢按照这个规则做到最后，最后还是能把你赶走，中国人有这个本事。每次乒乓球比赛我们都拿那么多的冠军，外国人就老改规则，一会说这个球太小了，我们个高，看不见，你们个矮能看得见，一会说白的不行，我们看不清，要改黄的；其实都是专门针对中国人的。中国人是最适合在一个安静的环境里面干事。有一年我出北京高考题目：说"安"，"安"既是北京文化的核，也是中国文化的核，中国人喜欢"安"，"安"在中国并不是一个漂亮口号，而是自己的需要，大家都喜欢不变，想了多种方法来对付"变"。

刚才你说的开头的创意特别好，"变了，天下变了"。怎么去应付这个变？大家各有各的招，有人觉得自己机会来了，有人满不在乎，其实祁老爷子的想法，虽然事情没有像他想的那样三个月就过去了，但也不过就八年，八年在中国历史上不算很长的一段。在中国真没有过不去的坎儿，中国人甚至都不怕做亡国奴，他不相信中国会亡，因为中国不是以政治立国，是以文化立国。今天的民族国家观念是西方输入进来的，中国传统文化中并没有很强烈的民族观念，异族愿意当皇上你就当，但是你要按照大家公认的中华文化来行事就可以。姜文的《鬼子来了》拍得特别好，它写普通老百姓，其实都不知道日本在哪，也不是故意要做汉奸，凡事从中国传统的主客之道的角度出发，但是日本人没有这个礼数，所以最后宴席变成屠杀。

中国这100年的政治家，文化家，主要做的一件事就是启发中国人民的

《四世同堂》写得很好的一点，其中几个汉奸都是一步一步变过去的，不是一开始就打算卖国求荣，都是从个人需要出发。

"过日子"是中国人最大的力量

政治觉悟；人民确实政治觉悟低，因为一般用不到政治。政治觉悟高恰恰是西方的，西方人爱分敌我，要站队，"讲政治"恰恰是西方的东西，西方人爱讲政治，中国人不太讲政治。我们今天又到了批判汉奸的时代，其实大多数汉奸不是故意的，中国人民族国家观念淡漠，老需要民族危亡才能唤起，其实祁老爷子的很多胡同想法已经接近汉奸观念了，但他自己不是故意的，也不是自觉的。《四世同堂》写得很好的一点，其中几个汉奸都是一步一步变过去的，不是一开始就打算卖国求荣，都是从个人需要出发。我们现在"公民、国家"的观念建立是依靠了抗战的，所以蒋介石老说抗战建国，是想通过抗战来建国，在抗战之前，百姓的国家观念是涣散的。

田沁鑫：老蒋确实悲剧。

孔庆东：抗战给了老蒋一个大机会，抗战之前老蒋只管江浙沪小块地，每个省都有军阀，都不听他的，抗战时他正好发出伟大号召，大家如果再不听指挥就是汉奸了，当时每个省就一两个军阀，老蒋借着抗战名义把他们都调到前线，不是把他们的嫡系耗掉，就是把他们彻底架空。他借抗战把军阀几乎全收拾了。所以黄仁宇讲得很好，他说老蒋其实给毛主席做了一个准备工作，替毛主席把军阀都消灭了，然后毛主席只要消灭老蒋一个人就行了，

田沁鑫：老蒋是另一个层面上的苦命人。

孔庆东：老蒋还建立了保甲制度，这是我们后来户口制度的第一步。以前中国有多少人都统计不清楚，误差在几千万，老蒋把人口统计清楚了，这为后来的新中国的户籍制度奠定了基础，对于"抗战建国"，老舍可能没有这么清晰的理论，但他明确感到了"国"的概念在沦陷后真正出来了。老舍在以前的小说《离婚》里面写北平人想的就是过自己安稳的日子，北平人认为自己的孩子官不能当太大了，最大当科长，收入也比较好，能照顾家。得知道点国家大事，最少去过通州，去过通州算出过远门，知道点外来的事，至于更远的地方，甭管巴黎、伦敦，那全是乡下。北京人有这么一种自信。

如果我们用"五四"的眼光看老舍写的北京人，那就是愚昧，后来的文学史完全是"五四"这帮人弄的。我研究现代文学，讲朱自清不吃救济粮是爱国，这都是"五四"的眼光。幸好老舍为我们保留了一些"五四"之外的眼光，"五四"的时候，大学生街头演讲，慷慨激昂，白布衫黑裙子，这在老舍看来都是比较可笑的事情。老舍说学生这是干吗呢？真是没事憋的。我第一次看到老舍的态度的时候，觉得是对进步青年的诬蔑。但是随着年龄的增长，慢慢觉得他有道理——你不能天天老上街去演讲，时间长了，靠谁抗战？还得靠韵梅，韵梅这个人物特别好，她没有什么文化，但中国文化都在她的血液里面，她有正义感，永远知道现在应该干什么，一家人的吃喝最后都落在这个家庭主妇头上。比如说去领配给粮，男的都不愿意去，嫌丢脸，韵梅就会去，她没有

> 老百姓身上有民气,民气总是被政治家所忽略。

觉得有什么,她没有上过学,心里不存在"民族啊,大义啊"这些,全家得吃饭,我就得去领。所以她把耻辱都承担了。

老百姓就是有这样的一种默默的力量,不是简单地喊口号,不能都跟侵略者同归于尽,这也是不可能的。也不能说都去当朱自清,宁可饿死。毛泽东说得好,"民族的抗战力量深藏于民众之中。"这几年,为了重新搞统战,把国民党抗战宣传得过了,国民党当然有抗战英雄,但整个抗战路线是错的,不太相信人民,也不依靠人民,老想靠美国给援助,另外就是派军统间谍搞暗杀,却没有看到老百姓身上的民气可用。老百姓身上有民气,民气总是被政治家所忽略。汪精卫为什么当汉奸?他算来算去中国怎么着都失败,算GDP,算军事,算国防,中国跟人打了一百年,都打不过人家,但他就没有算民气,就是软实力也没有算。毛泽东的《论持久战》出来,每个连队都发,毛泽东正是计算了软实力。当时老蒋也正走投无路,白崇禧看完《论持久战》转给老蒋,老蒋顿时有了信心,他受《论持久战》的影响,换了一种表达"我们用空间换时间",这是国民党抗战的基本路径,从此他有了主心骨,就是跟着熬,凭老百姓的民气跟日本熬着。《四世同堂》里写到最后饥荒,日本鬼子穿的军装都是打补丁了,眼看也快熬不过去了,他们的妇人都上街抢东西了。日本为什么最后冒险跟美国玩命?其实是自己熬不下去了,只好孤注一掷要把美国击退了,可以彻底转危为安,否则熬下去也是个死,是慢性自杀。

我看过好多抗战史料,英国研究所最后归纳为日本人不善于规划,只是有野心,实现野心之后不知道怎么规划。他们打下了好大一块土地,干什么呢?什么也没有干,只是等着失败。自己不会做规划,找一帮汉奸来做,其实汉奸是最无能的人。我在日本住过,日本人最恨没有气节的人,他们最崇拜的是文天祥、岳飞、关羽这种,也当做自己的英雄来供着。而汉奸呢,第一是无能,第二做事不符合日本人的忠义的道德观,日本人迫不得已用汉奸,汉奸还往往给自己留后路,还偷偷给重庆甚至延安通风报信,日本人心内最看不上这种人。日本人老说良心大大的坏,其实是说汉奸良心大大的坏。

鲁迅说奴隶如果幻想着自己通过反抗成为奴隶主，就等于没有解放，只是更深的奴化。

　　《四世同堂》里说的整个是一个东亚的文化问题。老舍要表达的不是简单的抗战这件事，而是通过抗战做由头，反思我们传统的儒家文明被摧毁了或者是被打败了之后，如何重新整合的问题。本来像祁老爷子这样的人，抗战之前日本人看着他得鞠躬，现在竟然敢侮辱他，敢闯进他家里，背后就是东亚板块破碎了。在这个角度上说，日本人讲的大东亚共荣圈，字面上是没有问题的，大东亚如果真的团结起来，共存共荣，那英美一定会垮掉。现在看各种统计，东亚的生产效率、教育质量都是世界第一，但东亚是破碎的，中、日、韩、朝，大家都不一样，西方是怎么都不能让东亚成为一块的，如果成了，那就是未来世界的中心。大东亚共荣圈字面上没有问题，但是这个理论展开以后就有问题了，用什么来搞大东亚共荣圈？用日本搞的那套一定不行，因为日本把西方殖民者对付自己的那一套用来对付亚洲其他各国，这其实是回到了鲁迅的命题上，鲁迅说奴隶如果幻想着自己通过反抗成为奴隶主，就等于没有解放，只是更深的奴化。但是日本人缺乏鲁迅这样的思想家，他们没有鲁迅这样的眼光和思考。日本人恰恰像鲁迅说的，只要当一个小奴隶主，可以受英美的欺负，但在亚洲要做老大，但这一点恰恰是其他亚洲人民不能接受的，日本人的"大东亚共荣"搞不成。"大东亚共荣圈"在当时很有迷惑性，包括汪精卫、胡兰成这样的人，他们在心理上都不承认自己是汉奸，他给自己找与日本人合作的理由，就是"东亚理论"——都是同人同种，都是黄种人，都反抗英美白种人侵略，必须建立一个东亚文明，高级汉奸就用这个理由给自己开脱。但即使这些人感到日本人的焦土政策也是不对的，根本上违背儒家的仁义道德，而仁义道德其实是渗透在中国人的血液中的。

　　尽管今天表面上好像日本、韩国，包括台湾地区都比我们传统文化上维持得好，但这是表面，真正的仁义道德跟有没有文凭没有关系，跟识字不识字没有关系，像小崔、长顺这样不识字的人，身上都有儒家文化，都知道应该怎么做人。而只有当日本战败之后，大家才可以重新心平气和地讨论东亚问题，八九十年代的时候，日本、韩国学者老埋怨我们中国学者不谈东亚，老觉得中

> 好好过日子，才是人间正道，人间正道不是竞争，竞争非人间正道。

国人傲慢，只有中西文化对比，那日韩在哪呢？后来我们给自己辩解，说中国文明这一大块也包括日韩，但人家肯定不满意，那个时候我们反感"东亚"的说法。近十多年，中国开了很多"东亚问题"的会议，不避讳"东亚"这个问题。我在日本韩国解释过，"东亚"这个词伤害中国人民太深了，所以我们不爱谈，但不是说我们没有关注日本，中国人对日本文化关注很多，研究者不少。今天我们重新来思考东亚文化，是因为西方的生活方式最后肯定耗尽地球资源，并带来战争。而东亚的思想资源，更强调和谐。用这种眼光回头看老舍的《四世同堂》，我觉得以前对老舍评价低了，很多教授内心不承认老舍是个大家，一谈老舍，就是老舍的幽默，老北京语言这几点。其实老舍表面装得很北京份儿，但他在英国住过，真正思考过中西文化问题，他心里面相信文化的生命力，他特别相信人要活得体面，尊严，他认为这些不是迂腐，而是保证一个国家和民族不会亡国灭种的根本。

田沁鑫：这是一种深入骨髓的文化自觉性。

孔庆东：对，这个东西是中华民族世世代代的力量。这个力量展现出来，不管民进党、国民党，他都能够接受，因为他的血液里就有这种东西。说直白些，好好过日子，才是人间正道，人间正道不是竞争，竞争非人间正道。

田沁鑫：我的感觉老北京城里面站出来的角色比现在的人更有力量，现在人都看不上"好好过日子"了，现在人们更爱折腾。

孔庆东：冠晓荷一开始还没有当汉奸，但是为什么觉得他们家别扭？他家唯一的缺点就是不好好过日子，这是从老百姓眼睛里面看出来的他们家的缺点。不好好过日子就搞歪门邪道，搞歪门邪道就会走到汉奸那一步。我花了很长时间思考周作人的问题，第一，在法理上他绝对是汉奸，但同时不能否认他也是文化大师，做了那么大贡献，"五四运动"没有周作人不行。他当汉奸到底是偶然的还是必然的呢？一定有一条逻辑的线索，我详细考察过他的个人生活，周作人就是不好好过日子，他那个日本老婆特别不好好过日子，家里做了一桌菜，说不好吃，就都扔了，再重新做一桌，这是真折腾，从这不好好过日子能看出很多问题来。

田沁鑫：我在全书中找到的都是亲戚朋友之间的爱恨情仇，《四世同堂》里面能找到一个响当当的主题吗？

孔庆东：这个剧要淡化党派意识和政治性。这本书就说老百姓的事。

田沁鑫：整部小说都没提到什么党派，隐隐约约觉得西山有抗日游击队。

孔庆东：这个隐隐约约很好，恰恰说明老舍在写作时用的是老百姓的眼光。

田沁鑫：包括很有骨气的钱先生，他住在破庙里，暗地里搞一些破坏，一个有精神追求的人，在老百姓眼里，是神经兮兮，很怪。

孔庆东：其实钱先生的举动对抗战没有什么用，他做这个事，只是一个人的文化选择。

田沁鑫：他在破庙里面还有点歇斯底里。

孔庆东：这种疯疯癫癫的状态中恰恰有一种不屈的力量。

田沁鑫：钱先生一身正义，冠晓荷原来也很佩服，说他们家里有一幅

冠家合影

画，如果能让钱先生题上书法，自己的身份都会提高。

孔庆东：其实冠晓荷家如果好好过日子，跟邻居搞好关系，能成为很好的一家人。

田沁鑫：您觉得冠晓荷他们家不好好过日子，最主要体现在哪里？

孔庆东：他们家整个想不劳而获，这个不符合中国文化。而且冠家还特势利。祁家的祁瑞宣上过大学，但他跟邻居关系很好，他不瞧不起别人，别人就特尊重他。钱诗人是不劳也不获，穷点就穷点，在家里浇花，做诗，也挺本分。

田沁鑫：钱家的女人也很少出来，因为穿得比较寒酸。

孔庆东：老舍把北京人都琢磨透了，他写北京的这几个小说时自己都不在北京，在青岛、济南、重庆、伦敦这些地方，他一离开北京就会写北京，因为北京装在他心。

田沁鑫：有句话叫"近乡情更怯"，人到外面反而有更加思乡的感觉。

孔庆东：《离婚》、《骆驼祥子》是在青岛写的，他抗战前一直在山东，他是从山东直接去的大后方，然后是胡絜青带着舒乙千里迢迢去找他，找到他后给他讲沦陷的事，他一边听，一边脑子里人物就慢慢就成型了，过了一两个月就构思好了。书中的小羊圈胡同其实就是老舍自家的胡同，叫小羊家胡同，所以他能写得那么详细，虽然并不在眼前。

田沁鑫：也想听听您对老舍自杀的看法？

孔庆东：他的自杀，根本上说是一个文化悲剧。今天我们老声讨"文革"，动不动就说受迫害，其实老舍受的委屈，很多人都受过，挺两天也就过来了。那时候大多数人都受过批斗，挺着，忍着，或者写个检讨，几天几个月就过去了，社会运动的周期就那点时间，大多数人不会自杀。老舍感受到了极大的冲击，这与他的文化心理有关的。老舍觉得人该体面活着，尊严是第一，

田沁鑫在给扮演钱默吟的陈明昊说戏

尊严被打破,这是要命的事情。当时他的名望太高了,他是"人民艺术家",整个中国正式得到这个称号的作家就他一个人,彭真市长亲自给他送的匾,那些"五四"过来的大作家,新中国建立后反而写不出新东西,他们不太知道这个时代应该写什么,这就显出"五四"的短腿,老舍跟"五四"那批作家不同,他就是以老百姓眼光写,看到的都是新社会,共产党的做法太好了,所以有《龙须沟》。但后来"人民艺术家"受到了人民的批斗,这个门槛对老舍真迈不过去,他又倍感孤独,没有人劝解,就发生了悲剧。

《四世同堂》里祁天佑的心理结构就是老舍的心理结构,祁天佑换作一般人不会去死,碰到的不是非要死的事情,但是他自己的心理上过不去,他太珍视尊严了,就只有死了。

田沁鑫:这个自杀是不是也是一种精神焦虑?抑或精神高度集中产生的洁净?

> 殖民这个东西能摧毁人心,时间一长了又不主动治愈,就会把民族根性搞坏。

孔庆东:一百多年来,中国在抗殖民地化过程中产生了极大焦虑,中华民族不得不承受这么大压力。现在搞教育改革,好多老师说"美国孩子多好,没有负担,不留作业",我的意见是,减负好是好,但咱跟人家的发展阶段不一样,我们和人家在产业链的位置上不同,人家是上游,他们的孩子不上大学都可以解决工作,收入也不低,美国好多孩子都不知道中国在哪里,但这不妨碍他有高收入、高福利。但中国人不行,中国孩子必须知道好多好多事,所以中国人的精神焦虑来自各方面,"老舍自杀"不全是政治原因,也有深层次的文化原因。

田沁鑫:现代社会自杀的人也有很多,难道现在极端的焦虑感是通病了吗?

孔庆东:被占领、被殖民,这对民族造成的损害是非常深远的,富士康其实不也是一种新的"殖民主义"吗?《四世同堂》的结局很苍凉,中华民族受的是内伤,不会很快消失。韩国也一直没有治愈战争创伤,现在还出于半殖民的状态,美国大兵一直驻扎在他那里。当然我也不是本质化的看法,韩国古代也温文儒雅、温柔敦厚,坚守儒家文化,怎么变成这样呢?就是因为殖民,50年以上的殖民历史改变了两代人,长期遭受屈辱后人的心理会产生戾气。我是东北人,东北老人回忆,最坏的是二鬼子,二鬼子是日本军队里的高丽兵,为什么坏呢?他在自己国家是奴隶,后来日本征兵,他穿上军服也变成了"皇军",所以容易变态、发泄。殖民这个东西能摧毁人心,时间一长了又不主动治愈,就会把民族根性搞坏。包括我们为什么没法接受香港的大众艺术?因为那些背后正是一种殖民心态,想用一套胡闹来忘记被殖民的这件事,就想一切正史都用胡闹混过去,然后可以获得一种没有道理的自信。

我的一些同学到香港去读书,当地人听到他们讲很正宗的普通话,认为不对,非得改成当地人那样,他们自认为是洋的,得模仿港台腔才成。这其实是一种伤害后的体现,根据近代历史学费正清的"撞击与回应"说,文化受到大的撞击,然后再做回应,但撞击中严重碰伤了,碰伤造成国民性出了问题。

《四世同堂》里写了很好的一个人物丁约翰,他在英国府做事,明明是英国使馆,但他怎么叫英国府呢?他觉得这个名称特好,"府"跟王府联系在一起,标明地位很高,所以他有点看不起冠晓荷,其实他在英国府不过是个仆人,但是能经常偷点洋酒、洋点心回来,所以他觉得自己的身份跟人家不同。太平洋战争爆发后,英国跟日本也打起来了,成了敌人,他的差事丢了,祁瑞宣就给他讲天下大事,讲反法西斯阵营:中国现在跟英国一起反法西斯,要打败德意日,认真讲了一通之后,丁约翰说明白了,感情英美还得回来,我还能回英国府做事去。祁瑞宣白讲了,丁约翰想的还是自己那点事。丁约翰能代表一部分人中国人,他们心里已经被打伤了,自己看不起自己了,他看不起冠晓荷不是因为中国人的民族义气,而是觉得自己的主子是英国人,英国人比日本人横。所以听到抗战胜利,他的第一反应是往英国府跑,他怕失去那个差事,这种人内心已经完全被殖民了。这个人不是简单的坏人,还有几分可爱,他愚昧,不开窍,还挺有点意思。老舍刻画的丁约翰是现代文学画廊中非常独特的,他肯定不是汉奸,英国是中国的反法西斯的同盟国,他也不是二鬼子,他是一个骨子里受伤的中国人。

中国这种结构性的心理伤害什么结束的呢?恰恰由于抗美援朝一战,这一战把中国人的心理创伤基本治好,原来我们不是被八国联军打吗?现在抗美援朝是跟十几个国的"联合国军"打,希腊来了一个营,哥伦比亚来过一个营,都基本消灭,土耳其的旅也基本完蛋,英、法、加拿大都有被整个建制全歼的例子,除美国之外,其他国家的营、团、旅,来一个消灭一个,抗美援朝一下子就把原来的中国病根去掉了。我们说1949年中国人站起来,其实那时候还没站起来,需要打一仗才能站起来。当年日本怎么站起来的?也是靠打仗,先把北洋水师灭了,站起来一半,日俄战争又胜利了,他觉得已经代表黄种人打败了白人。

最近这二十年,中国人民族自尊心又下降。原因很多,军事上的原因是咱们二十多年没有打仗,美国则是天天打仗。打仗不对,但从国家利益来讲,美国恰恰靠打仗维持住了霸主地位,打仗好处太多,锻炼军队、凝聚民心、转移

> 有多大的能力就对多少人好，这是儒家文化。

国家矛盾、刺激科研。打仗带动了美国的整个国民经济，美国其实才是真正的先军政治。我们现在老不打仗，民心就不行，周边小国发生什么事都不敢管，东南亚的几个小国也一个劲儿挤兑中国。我们现在的外交政策就是不惹事，能忍则忍，但周围的形势就越来越紧张，包括朝鲜核问题。无论何时，我们都要支持朝鲜，这是中国的兄弟和屏障，美国就把日本、韩国看成自己的小兄弟。中国把朝鲜罩住，整个东亚就和平了。这背后都是殖民与反殖民的问题。

中国从明朝以来与周边的国家是保持一种朝贡体制，而不是殖民体制，这是从儒家的理法升华出来的，儒家特别实际，先把自己搞好，搞好之后照顾父母、兄弟姐妹，再对待邻居，一圈一圈惠泽出去，是一个同心圆结构。有多大的能力就对多少人好，这是儒家文化。用今天的西方眼光来看，中国很傻，那么强大怎么不殖民别人？哥伦布、麦哲伦，其实都是殖民犯，抢地抢财富，回去跟女王汇报又占领了一个地，这是殖民的理念。中国古代从来没有殖民理念，你佩服我、尊重我，咱就是兄弟之国、叔侄之国，你礼节性地来上贡，拿点你们家特产给我看看，给我尝尝，你走的时候我会给你拿上一个船队的东西，你肯定稳赚不赔。所以周边国家都愿意到中国来上贡，有便宜可赚，通过上贡能获得巨大的经济利益。周边的国家还经常要抢上贡权，为了上贡权开打。朝贡体制是长久，是友好的，也符合公理，谁执掌中央政权，就给谁上贡。它合乎实际又合乎民心，能够被接受，今天的殖民体系不是这样，殖民体系是政治上不让你独立，经济上还要剥削你，把你的好东西好资源都带走，然后文化上还要同化你，殖民体系完全是亡国灭种的体系，不符合儒家的仁义观，很难被接受。

好的世界应该承认有强弱，有大小，再处理强弱之间的关系。这是人类文明，人类文明有别于丛林法则，文明讲究强弱之间的平衡。小羊圈胡同实际上也是一个生态环境，各家过日子的方式不一样，有强有弱，有雅有俗，但应当和谐共处，面上过得去。但是暴力进来了，把这个和谐局面打破了，时间一长就受不了。像后来的冠家，老舍用一种报应的方式来写他们家，我们主流学

报应思想不见得是封建迷信，是中国内在的一种文化逻辑

术界以前对《四世同堂》的文学史评价不高，为什么？一个是因为书里不讲武装斗争，二个是觉得里面有报应思想，是封建迷信，是落后，应该用马克思主义来讲。其实今天看看这个报应思想不见得是封建迷信，是中国内在的一种文化逻辑，冠晓荷这样的人家不好好过日子、穷折腾，迟早一天倒霉，他不是迷信，这合乎道理，是一种正义力量的结果。老舍很有意思，他把汉奸处理的都没好下场，而且有你说的一种特别的荒诞味。

田沁鑫：胖菊子也是，最后逃到天津当妓女去了。

孔庆东：这种报应说是东方文化的一个特点，是天人感应的一种东西，这个不能简单抹杀，特别是在文艺作品中，可能反而是亮点。不是一切事情都要用社会科学去解释，去证明。

田沁鑫：要整个剧表现出国民性，我觉得没有太大问题，这些人的做法、行为、语言方式也都挺相符的，我想问正面的东西的力量在哪？正面要说的东西太多，挺难的。

孔庆东：那就要删太多的东西。

田沁鑫：这个剧里不着调的人很多，里面最正面也就是钱先生。钱先生在整个胡同里面是顶神秘的人物，家家攀比，老祁家觉得跟钱先生接触挺沾光，钱先生知书达理，有学问，钱先生其实跟祁老爷子没有什么话说，祁老爷子爱说家常话，但两人还能说到一块去，实际上是各说各的。钱先生多少算尊重老爷子，冠晓荷也想跟文化人打交道，但最后冠晓荷为什么恨钱先生？因为老打不上交道，他老惦记着让钱先生出面帮他弄点诗画鉴赏鉴赏，没准还能卖个好价钱，但钱先生老不搭理他，他们家又整天鸡飞狗跳的，钱先生肯定不爱答理他。

钱先生家的媳妇，儿媳妇都穿着两年前的衣服，大家都觉得他们挺怪。

报应不爽，冠晓荷何曾想到自家如此悲惨的下场？

后来钱先生家出了大事，是可歌可泣的事儿，小羊圈胡同才觉得他成了英雄，私下里突然都内心转向拥护钱先生了。钱先生是真正意义的勇于担当和牺牲的人。他被老舍写得神秘，被日本人抓进去又放出来，他想死，结果没有死成，家让日本人占了，只能住在一个庙里头，给人家宣讲，钱先生很有个人魅力，谁跟他一沾边谁就革命了。

孔庆东：他是真有人格魅力。

田沁鑫：钱先生是有一帮粉丝的，其中的几个粉丝来自于敌对面——冠家，我一直觉得尤桐芳跟钱先生有点"暗恋"，她好像思想上挺喜欢钱先生，但是身体还是冠晓荷的，她爱上钱先生那去，然后冠家的高第喜欢钱家的老二，所以碰到钱先生也很尊重。老舍专门写了冠晓荷家的两个女的支持钱先生，这就是非常好的结构戏了，话剧一定要把这部分专门深挖出来，乱世之中家庭的矛盾更紧张激烈，但我也害怕最后弄了半天弄成了荒诞剧，要不就弄成了"八年抗战"。

孔庆东：老舍观念中有一种我们以前评价并不高的东西，比如"邪不压正"。我们以前觉得"邪不压正"是抽象的,是迷信的,但发现代表老百姓的作家往往都强调这个观念。一个是老舍,一个是赵树理,都强调正的东西,其实《四世同堂》里所有一流的人,放到整个抗战背景中,都属于落后分子,按照是最革命的标准,瑞宣、钱诗人、祁老爷子,都属于落后分子,怎么不去参加游戏队啊?怎么不跟敌人同归于尽啊?应该晚上去偷偷杀哨兵,抢武器。过去我们小时候看电影看剧,觉得只有这样才算抗战,不然不算抗战。但这次的剧恰恰要在他们这种平和的自然状态中呈现出一种力量来,这就是"正"的力量,别看好像当了顺民,但始终有一种不屈的东西,所以要把日常生活中的这种不屈、柴米油盐中的不屈想办法表现出来。老舍文字背后要说的是,没有国民党和共产党,中国也亡不了。日常生活中的这些人才是最有力量的,这是正的延续。"你要想统治我们,除非你承认我是正的,最后自己也变成正的,否

钱家合影

则你就会有报应。"这是大逻辑，始终强调的是正与邪的对立。

　　钱默吟的感召力也是来自于他的正气。整个胡同文化就是崇拜有正气、有正事的人，不待见没有正气、没有正事的人。老二代表祁家没有正事的一代，但他当了科长，老爷子挺高兴，老爷子认为这是正事，这算老糊涂，从这种糊涂中能够看出，他认为子孙只要干正事就可以接受。老舍有一点和其他作家都不同，其他作家都赞美新女性，以茅盾和郭沫若为代表，曹禺也是赞美新女性。老舍笔下的新女性很少正面的，其实胖菊子是新女性，是时代女性。换其他作家就能够把胖菊子写成正面人物，但老舍很绝，胖菊子被写成一个没有正形的人，可你如果心平气和地想，胖菊子看电影怎么不对啊？

　　田沁鑫：是这样的，胖菊子特别有风情。

　　孔庆东：她爱赶时髦，时尚，按理说没有什么不对，家里有这么一个儿媳妇不是挺好吗？但是老舍这么一写，读者都讨厌她了。

　　田沁鑫：老二本来挺乖巧、挺讨喜的，就因为娶了这媳妇，家里人就开始挑眼了。

　　孔庆东：换茅盾也好，甚至换沈从文，都可以把韵梅写成愚昧的妇人，把胖菊子变成正面，老舍不一样，他有自己的正邪观，他认为胖菊子那样过日子就不对，不管你上没上过大学，不管你看过多少美国电影，他是不管这个的。

　　田沁鑫：孔老师这段说的准确，在写祁家"正"的那方面的时候，特别凸出韵梅身上那种力量。老三叫嚣革命，韵梅不知道民族、国家、亡国奴，但老爷子说中午吃什么得靠韵梅，这个时候老三就没有话了，这就是韵梅的力量、韵梅的地位。

　　孔庆东：老舍笔下的家庭妇女最有光彩，你看她们不认字，但应对人情世故这一套，特有文化，和长辈说话站着，特别尊重，随时注意点烟，添水蓄茶。我们以前说这种女人受封建压迫、麻痹、不觉悟，但老舍不这么看，老舍认为做人就应该这么做，这是女性的可敬之处。

　　田沁鑫：祁老爷子的大孙子祁瑞宣一直郁闷，还辞了四个钟点的工，家

> 我说我是常理派，我讲常理，常理就是从人要生存、要吃饭这个角度出发，什么事情合常理，我就拥护

陶虹的桃花眼将胖菊子演得风情万种

里正缺钱，老爷子总觉得他该干正事，韵梅是能够干正事的，韵梅知道冬天得储备煤球，该商量商量钱粮，确实是识大体。韵梅既乖巧又聪明，她知道老爷子要什么，虽然她未必能和老爷子想一块去，她也骗老爷子，但是非常融合。

孔庆东：有人问我，说你到底是左派还是右派？我说我是常理派，我讲常理，常理就是从人要生存、要吃饭这个角度出发，什么事情合常理，我就拥护，不合常理我就觉得可疑。老舍塑造韵梅这一形象是站在常理的立场上，老舍也拥护高调，高调得建立在常理上，比如说老三显然是他歌颂的形象，但他也写老三不着调的地方。

田沁鑫：我现在正在思考老三瑞全这个形象，他是怎么回事？

孔庆东：我们过去批判老三的行为属于个人英雄主义，搞暗杀等等，不符合我党的斗争路线，以前的很多小说都不允许有这样的描写，这样的描写出版不了，所以你看整个80年代《四世同堂》没有什么地位。

田沁鑫：我觉得书里瑞全杀招弟是情爱仇恨和汉奸仇恨夹杂在一块才杀了她，直接掐死的。

孔庆东：他恨的是她走上了邪路，正好又有一个抗日的大理由，这个理由完全可以让他下决心。

田沁鑫：隐藏在行为底下的是复杂的情感，细细琢磨，老舍笔下每个人的命运都挺奇怪。但老舍又很通情达理。

孔庆东：老舍的小说中也有大量的文笔是他对人物的剖析。他在英国住了很长时间，受英国文学的影响，常有大段心理描写，又和他对人生的观察结合起来，这个是以前学者很少注意的，学者没有注意到老舍欧洲现实主义的这一面，他讲人学，是跟司汤达、狄更斯一样的东西。这点上面，老舍继承得最好。

田沁鑫：老舍的台词好、语言好，语言幽默。老舍会先写这个人物遇到事情之后脑子里的很多的想法，但是最后他嘴上说了另外一句话，马上就出现了特别逗乐的效果。其实这个也是北京文化的东西，听话听声，锣鼓听音，别直接听。中国人的礼数不是那么那直截了当的，想半天，一大堆复杂心理，却说出跟内心完全不搭调的一句，幽默的效果马上出来了。包括大赤包、冠晓荷，可能心里想为什么要对蓝东阳好？为什么要对李空山好？但是嘴上不敢问，还得应承。我跟南方人接触，觉得他们说话直，吵架直接吵。北方人不一样，比如我们话剧院这么多年，私底下互相说小话挺多，当面都挺客气，不愿意撕破脸。南北方人的表达方式有差异。只有南方人愿意直接点。

孔庆东：江浙文化有很直的一面。日常生活和艺术表现差距很大，他们的艺术是很曲折的，弹词、越剧，精致、婉转，但他们日常生活中不这样，他们日常生活都是直的，鲁迅是直的，朱自清是直的。南北不是一般人认识中的那么简单，说北方就是豪爽，南方就是小气，不是那么简单，背后很复杂。北方人表面的爽直中包含着背后很细腻的东西，非常细腻的东西。

田沁鑫：再回到《四世同堂》，怎么解决"邪"压了"正"？"正"的东西不好表现，偏重一点就变成"革命"了，老舍的复杂性和独特性就没有了。

孔庆东：一定不能偏到革命去，《四世同堂》就是写常态，写常理，而不是拔高起来的东西，你刚才说的"正"就是常态。一定要讲人情来往，该过五月节过五月节，过八月节就过八月节，这是常态，这不是落后，不是不思进取。东西方文化冲突，所谓的"现代性"逼着我们中国人像狗一样往前跑，我们日常生活的常态被否定了。这样的大背景下，出了好多好人，也出了好多坏人，好人坏人都是不安于常态造成的。那些被看成是坏人的人，在他们自己看来是在进取，胖菊子就埋怨祁家连电影都不让看，她认为自己是积极进取的，她认为自己烫的头是漂亮时髦的，但祁老爷子就认为是鸡窝，他们之间的观念冲突放在以前被我们看简单了，简单地否定这边，或者否定那边。而老舍是复杂地看的，他既承认这是新的东西，但他注意到这个东西不是常态，不是常态就不能持久，"福兮祸之所倚"，你的看到是福，他从另外一个层面就看出祸来了。

我现在注意到，老舍，还有沈从文，他们笔下老写女学生学坏，女学生不好。沈从文写湘西老百姓把什么人叫做女学生？女学生就是可以随便和男人睡觉的！老百姓认为这就是女学生。知识分子第一次读这种一般都不能接受，这简直是就对大学生的诬蔑！但从底层老百姓来讲，没事管家里要钱，把头烫得跟鸡窝一样，爱拍照看电影，随便就跟男人睡觉，当时女学生大部分确实是这种印象。过去军阀为什么喜欢杀女学生？一个是拿传统道德做依据来杀女学生，另外还有一种变态心理。说女学生是共产党只是一个政治借口，所以后来的湖南军阀看到穿白衬衫、黑裙子、短头发的女孩就杀，而且虐杀，最后反激起湖南成为中国革命的最重要的发源地和思想中心之一，这是一个很复杂的历

> 鲁迅、老舍、赵树理，还有张爱玲，都特别注意小细节，把小细节和大历史挂钩，所以他们是真正的文学家。

史心理状态。

我在上课讲老舍的时候，常常提醒大家注意一个现象。20世纪的文学史是翻烙饼，翻来翻去，一会革命作家得到重视，一会反革命作家得到重视，但有一个人的地位没有怎么变过，这就是老舍。不论中国怎么改朝换代，老舍都排在前五名，四五名的样子。革命的文学史，老舍排四五名，夏志清的文学史，老舍还是排四五名，地位没怎么变，这是为什么？因为老舍超越党派，超越革命和反革命。事实证明老舍作品的生命力最长久，革命、反革命、学术、战乱、主旋律各方面都拿老舍说事，都从老舍作品中找丰富情感。以前我们要团结老舍，就特别注意强调老舍革命的那面，写劳动人民被压迫，证明旧社会不好，但是后来发现老舍也有一些"反革命"的作品，他的《猫城记》里面就公开嘲笑共产党和马列主义，长期以来那个作品不能评价，是淹没无声的，可是再过一些年看，《猫城记》也不是简单的反共，其实老舍是反时髦，他反对那些满口马列主义、假装共产党的人去骗钱。老舍注意看这种阴暗面的事，老盯着这个细节。大历史把这些小细节都删掉了，都忽略了，而鲁迅、老舍、赵树理，还有张爱玲，都特别注意小细节，把小细节和大历史挂钩，所以他们是真正的文学家。对于大作家，人物形象大于观念，大于思想，你不能用一个简单的思想理论来解释完他作品，过一段时间你还可以从另一面去解释，这才是了不起的文学家。老舍写《茶馆》，当时老有人建议他改一下结果，让王大力参加八路，把八路这条线当主线，老舍当时也觉得这个提法很先进，但他凭感觉说不行，他就凭艺术感觉，但是他又驳不倒人家。

《四世同堂》里还有一个事挺重要，就是"家庭"。"家"是中国20世纪的一个关键词。因为汉语的特点，有"国家"这么一个词，所以"家"一直跟"国"搞不清楚，我们说的"国家"一词要翻译成外语得对应三个词：国家、国、家。老舍和其他"五四"作家不同的一点，他始终保持着对家的忠诚，"五四"的一个突破口就是要否定"家"，要打垮"家"，大学生都认为中国要复兴、要图强，人要进步、要自由，怎么办呢？旧家庭是罪恶的，所以胡适的

《终身大事》就是让孩子走出家庭，到了巴金的《家》是高峰，多少革命青年投奔延安，兜里装的并不是《共产党宣言》，装的是巴金的《家》。巴金本人不是共产党，青年们带着巴金的《家》投奔延安，可见这部小说的摧毁力有多大。整整一代青年都认为"家"是万恶之源，"家"里有无数的罪恶，非得逃离"家"出去不可，"五四"作家里唯一清醒的是鲁迅，鲁迅也认为"家"里有罪恶，但鲁迅的意思是出去未必就好。当别的作家都赞美自由恋爱，鲁迅《伤逝》就写一对自由恋爱的人最后分离了、死了，自由恋爱也未必好，他当时确实比别人高出一筹，他还有一篇文章叫《娜拉走后怎样》，怀疑娜拉走了之后的结果可能更惨。但老舍始终就没有否定过"家"，特别是《四世同堂》，包括往后的《正红旗下》，他用特别深情的笔墨写"家"里面的人情之美，而这正是"五四"那些人要否定的，陈独秀、胡适这些"五四"的主旋律，他们认为要强国就得先毁"家"，起码大家庭要拆成小家庭，这个国家才能好。老舍没写文章和他们辩论，但他用小说来发言，他是从另外一个角度说，"家好才能够国好。"

《四世同堂》里提出一个很严重的问题，当国家沦陷的时候，家变成了最后的根据地。家与家之间，一个家庭内部成员之间，如果能保留人情之美，这就是最后一个还能光复的根据。韵梅也好，瑞宣也好，这些人能够扛住，恰恰是因为人之常理。只要你爱自己家里人，责任感就能油然而生，他们爱小顺儿，爱妞妞，责任感油然而生，老舍恰恰写出这种力量支持着大多数国民熬过了苦难，等到了光复。

田沁鑫：您觉得他结尾的时候反过来说90大寿，是讽刺吗？

孔庆东：老舍是复杂的，他在复杂中偏向于守旧，如果国家真出了灾难，支持孩子们出去抗战等等，肯定是更积极更值得肯定的。但是当这些都烟消云散之后，"四世同堂"的愿景有什么错吗？没有错，这是人类幸福的标志，是中华文明的魅力。

田沁鑫：中国有过百家争鸣，之后还产生了很多思想家，唐朝的时候咱是老大，人家万国来朝，争相进贡，到了明朝的时候，咱们的船队能到非洲，别人见到就称臣，直到清朝咱还是天朝上邦，直到清末才元气大伤。近现代以来受启蒙，向西方学习，自己的东西却越来越少了。京剧是古代文化最好的延伸，我曾经想京剧必定是中国人穿古代衣服、演古代故事的最后一个剧种，以后不可能再有了。你看，就连看京剧演京剧的人，都是一下就剪了辫子，穿了西装，变化之快，太吓人了。

孔庆东：中国古代的审美比较特别，人不是工具，人不是手段，人是目的。而现在人完全是手段，我们现在穿的衣服是为了干活，古代穿衣服则是为了彼此看着美，看着有气质。

祁家合影

田沁鑫：我们刚刚改革开放的时候，面对西方强大的物质阵营，所有人都张着嘴，傻乎乎崇拜别人，西方则是泥沙俱下，什么都往你身上摔，我们没有抵御能力。但是改革开放已经过了三十年，中国人应该有新的思想家来重新整合？我们需要一些新的真理？联系到我执导的《四世同堂》，像您刚才说，家好了，国自然好了，国是人体，家是细胞，细胞坏了，人体也坏了。但我觉得这么说比较平常，没有什么特别亮点的理论，但好像也找不到啥真理。

孔庆东：我觉得这个戏不是要给观众真理，而要给观众思考，要提出问题来。现在的观众都被现代性洗脑了，都认为得折腾、得进取、得个人奋斗才

力图最大程度还原老北平气息的戏服

能过好日子。我觉得这个戏正好提出一个问题来，在不完全否定"折腾"的前提下，"不折腾"有什么不好吗？有错误吗？当下所有的舆论导向都在否定这种旧的"安定"，什么不思进取、因循守旧、安步当车，但这有什么错呢？人类忙活半天现代化，最后没有享受，弄得焦虑得都去跳楼自杀了，才不好，这个剧就是应该提出这样的问题来。

老子、庄子这些道家，当年看见有人用辘轳打水，不再用桶老老实实打水，他们就预料人类要学坏，因为人开始有机巧之心。发明辘轳把水转上来，本来是科技进步，但是老子从这里看出人心要大坏，这个就是哲学家的眼光。果然从古至今，科技确实越来越厉害了，但人心也确实变坏了，怎么办呢？老了是不负责任的人，他光说，不会去阻止。而孔子就想辙去维护，想办法来挽救，孔子是从人伦开始挽救的，最后就落在家庭伦理上了。基督教讲博爱，墨子讲博爱，但是孔子不讲博爱，孔子的爱有差别，他讲究先爱自己的家人，然后一圈一圈往外放大，所以才有修身齐家治国平天下这几个层次，这里面真有操作意义、实践意义的其实是"齐家"，《四世同堂》里老舍设置的祁家、祁老爷子，有可能暗示这家人是旗人，因为姓祁的旗人比较多，也正好能代表老舍自己的民族情感，但还有一种暗示就是指儒家的"齐家治国平天下"，齐了家，别的问题自然能够解决，能齐家必然是修身要好，然后再往外扩大，把国家治理好。老舍对家充满了感情，他对家庭的幸福和睦看得比别人要重好多，"五四"的很多作家不断换伴侣，不断重组家庭，但是老舍不是这样想，他个人很愿意维持最初的家庭。

田沁鑫：刚编剧的时候把坏蛋写得特别好，我要是念我最初写的剧本，所有人都觉得可笑，我怎么能把坏人写得这么好呢？我就这样没分寸了？我一直写到底，最后我发现变成一个荒诞、有讽刺意味的剧了，把中国人身上的国身上有一种不激烈、很沉稳的东西，这是这个世道应该凝聚的东西。

民性的弱点都揭示出来了，可是我冥冥觉得，那个不行，一定要有大义，我现在就是想再上一个层次。

孔庆东：《四世同堂》里的反面角色都是不好好过日子的，对自家没有感情，对家庭成员不上心。比如说胖菊子、蓝东阳、老二，所有的坏人都是这一套。瑞宣按照本来的思维是应该出去抗日的，但是他没有出去，读者能够同情他，因为他对家好，有对家的这份心，所以这个形象是能够立住的。

田沁鑫：我现在还想，瑞宣原来是搞得有点太革命了，特别快地告诉大家他喜欢抗日，只不过他被家拖累了，所以他的人物面目比较模糊，但我觉得这是一个代表中国大多数人的形象，我可以让他再复杂一点，让他内心再丰富一点，原著里瑞宣的语言后来所有的电视剧都放弃了，但是老舍先生写瑞宣的内心，写得很酣畅。我是站在这个山头望着那边的风景，我就很想把他自己内心的东西，甚至再加强一点笔触把它勾勒出来，这个人是有着浪漫情感的人，他内心对韵梅很好，但韵梅跟他这个知识分子也不搭，说不上啥话，我就很想让他拉着小顺子那么大的小孩说话。因为他没有地方去说，他说什么人家也听不懂，他就只能跟小孩说，他拉着小孩手，说上一大堆，但是孩子听不懂，可能就为吃个糖，才听爸爸说了这么一堆话。我觉得我得让他说出来，瑞宣身上有一种不激烈、很沉稳的东西，这是这个世道应该凝聚的东西。他懂理，他入情，明白上下级关系，他知道他为什么要守家而不是简单去牺牲。这种东西是好东西，是让一个家安定团结的最关键因素。再来说小三，他整天就想着：我走了，所以他跟爷爷顶撞起来没有任何心理负担。

孔庆东：他就是一个愤青而已。

田沁鑫：对。老二瑞丰又是什么呢？老二不太懂事，粘了点新知识，有一点不着调，我觉得他有一点流氓气，不是流氓小地痞，是那种带了一点流氓气的小文人，爱做官。蓝东阳则是完全流氓知识分子，这一小撮人都是可以找到很多讽刺点的。我觉得，老大瑞宣虽然跟韵梅平时很"无语"，但这两个人应该是主角。可是这两个人，老舍恰恰写的面貌最不清楚，他们身上有着大多数人的特点，我觉得如果能把他们身上的东西找着了，这戏就正了，然后又不是简单的革命，而是您说的有文化的常态的力量。

孔庆东：他们是真正的人民群众中的英雄，人民群众中的英雄不只是被日本鬼子打死的八路，更多是保护八路的老大娘们，现在要强调普通人中的英雄。

田沁鑫：我一定要把这个弄出来，不然这个戏严重地"邪"压着"正"，坏人太好写了，太好玩了，"正"的面貌却都模糊，我前阵子为了创作，很痛苦，今天跟您聊总算有些启发了，我努力地想再去想清楚一些，搞清楚"正"在哪里，这个戏就有分量了。我同意您刚才说的，现在人的活法不大对，不好好过日子，瞎折腾，所以他们也分不清"正邪"。

孔庆东：改革开放后的教育中极端个人主义太泛滥，表面上大家都是用礼貌的话，但是骨子里丝毫不考虑别人的情况，满脑子都是自己的理由和利益，违背了本性人情。老舍

面貌颇为不清的瑞宣

的理想社会是充满人情的，在人情的基础上互相理解，多数情况下都不用讲理，《四世同堂》里好几次老大对老二生气，根本没有讲什么理，就一句，"出去"，老二马上就明白怎么回事了，他心里也知道自己犯什么错，嘟囔着就出去了，人与人之间不用讲什么理，家庭内部达到这样一句话就明白怎么回事了。老二呢，上过大学，学了那么多知识，挺时髦，但他是个没根的人，经济发生问题了，他就指着大哥说你可得养活我，谁让你是我大哥呢。这句话特别能表达出他的性格。

田沁鑫：老二特别像现在的某一种流氓。老舍当时笔下的人，在今天仍然能找到不少。

孔庆东：他们这种流氓都没有责任感和压力，精力和聪明主要都用在折腾上了。他们游戏人生的感觉很强，其实老大瑞宣也会的，但因为他在老大这个位置上，就不能这么整。现代文学画廊里面有一系列长子，包括巴金的《家》里面的觉新和《四世同堂》里的瑞宣，都是能够对比的，骨子里他们可能比老二、老三都厉害、都开放，但就因为是长子，要做家的榜样、尽义务，就必须得约束自己。

田沁鑫：长子一出现"正"的形象，就会有人说是假装的，拿架子，装，他们从不认为你要树立什么正气，这是个二流的庸俗认识，真没有辙。

孔庆东：这个时代确实挺可惜的，这个时代"正"的东西太难了。

田沁鑫：现在弄"歪的"特别容易引起共鸣。如果我缺乏责任感，还真会把《四世同堂》弄成一个荒诞的讽刺剧，肯定好玩，但是，这样肯定是无益作品的，这样肯定是不行的。

孔庆东：要有正有邪才行。

田沁鑫：看来我有点消极，我一鼓作气开始的编剧全都是好玩的，最后居然把冠晓荷家弄成了戏重心，他们家确实太有戏了。这是创作难点。

孔庆东：说说瑞宣这个人，他的性格可能有发展的过程，抗战之前整个中国社会都受到"五四思潮"的冲刷，整个社会是越来越往老二老三要求的方向发展，他们的声音越来越大，说旧家庭不好、不自由，要出去单过，这个不可能不对老大产生冲击。老大看自己的媳妇也觉得无趣，什么也不懂，于是取名"韵梅"，老爷子则认为是运煤球的"运煤"，现实跟理想的差异太大。

田沁鑫：他娶一个自己无趣的媳妇，结果他爷爷特别喜欢他这个媳妇。

孔庆东：老大对媳妇的尊重是随着抗战的过程逐渐起来的，慢慢悟到自己娶到了一个好媳妇，慢慢才知道胖菊子那种没用，在抗战之前他心里可不是那么清楚的，他有可能被那个潮流妥协而去。而老舍对女人的感情，我觉得跟

> 胖菊子这种现代女性叫嚷的"男女平等"是瞎说,不能叫做男女平等,这是不尊重自己,把自己的好吃懒做当做男女平等,老舍是绝对否认的。

他自己家庭也有特别的关系,他怎么能写出虎妞的形象来,那么逼真,一定有他自己的亲身感受。他能写出女性的那种真实感和兽性来。

田沁鑫:确实是彪悍,他写的大赤包也是满嘴那么多出彩的话儿。

孔庆东:在祥子看来,虎妞是一个成天吃他的老虎,这是什么感觉?老舍还能够把一个妓女写得特别好,写得很美,楚楚可怜,他对妓女有同情。

田沁鑫:涕泪涟涟的可怜样。

孔庆东:老舍的初恋情人后来当了妓女,他的短篇小说《微神儿》里的女主人公,就是以他的初恋情人为原型的,再比如《月牙儿》,他在妓女身上发现了人性美好的东西。

田沁鑫:韵梅比较复杂,前半段写韵梅是很枯燥的一个人,但是读到后半段,我觉得谁都会想要这么一个媳妇,哪怕枯燥点,但是真好。

孔庆东:这是老舍最理想的女人,韵梅好像没有文化,其实知书达理,又最懂得人情事理,勤快又聪明,老舍其实是照着自己大姐来写韵梅的。老舍的大姐就是这么一个小媳妇,每鞠一个躬,每请一个安,都那么漂亮,那么有分寸。老舍就觉得,这是二百年旗人文化的顶峰,在她的每一个请安中都能够体会到。

田沁鑫:您说的真是让我这个一半旗人太感动了。

孔庆东:老舍是很懂得什么是真正的男女平等。他觉得像胖菊子这种现代女性叫嚷的"男女平等"是瞎说,不能叫做男女平等,这是不

韵梅是老舍心中最理想的女人

尊重自己，把自己的好吃懒做当作男女平等，老舍是绝对否认的。但是你看茅盾的笔下，胖菊子这样的女的都是好女性，把自己丈夫抛弃，在外面搞革命，喊出一个漂亮口号，大胆走出去，而且都长得特别漂亮，茅盾把保守的女的都写得很丑，这是茅盾的价值取向。老舍跟他们不一样，赵树理也和老舍差不多，赵树理把落后的人写成三仙姑，今天很多学者为三仙姑辩护，"三仙姑岁数大了就不能追求感情了，就不能浪漫了，就不能化妆了？"很多洋派的大学教授都不喜欢赵树理，说赵树理丑化追求自由和美丽的女性，相反，他们认为三仙姑是新人。按照民间传统的观念，三仙姑你是不能惦记自己女儿的男朋友，这绝对是不对的，但有的教授认为这没有什么不对，这就是价值观念的根本分歧了。

现实主义与表现主义完美结合

——田沁鑫与舞美设计薛殿杰的创作对谈

薛殿杰：著名舞美设计师
田沁鑫：《四世同堂》话剧导演
访谈时间：2011年2月　　访谈地点：国话会客室

田沁鑫：老舍先生这部《四世同堂》，是一个以胡同作为主要叙事场景的作品，北京的胡同一般都牵扯到几户或十几户人家，所以做《四世同堂》的时候我第一自然地就会想到舞美，这次的话剧创作是和舞美一起完成的，如果舞美设计不能和老舍先生笔下的《四世同堂》契合，那剧本本身的创作将无法进行下去，必须要二者同步，有舞美才有这个戏。这次的舞美参与，是整个戏剧结构呈现的重要组成部分的参与，是一次与往常不一样的创作。舞美存在，戏的结构才存在。这方面我觉得还需要说得再透彻一些。

在众多的设计里面，我们最终还是选择了中国国家话剧院非常资深的舞美设计大师薛殿杰老师。我跟薛老师的合作是在1999年，在中央实验话剧院创作《生死场》，这是我和薛老师第一次合作，他也是我进入戏剧导演行业、第一个舞美引路人，这第一次合作的缘分，给我的帮助与启迪都非常大，那部戏在当时的中国的话剧舞台上产生了一个极其轰动的效果，所以我一般都是在最关键的时候想到薛老师，虽然我们的合作并不很频繁，但是在我人生遇到极大困难和需要再突破的时候，我会想到薛老师。所以这部《四世同堂》作为一部平民史诗，浩繁壮大，我希望这次能和您再次合作完成老舍先生的这部作品，虽然这是一次极难的挑战。

薛殿杰：一辈子都在搞舞台美术，我一直认为戏剧学科的带头人是导演，中国的戏剧能不能繁荣？关键人物也还是导演。我感觉现在的奖励机制主要是奖励剧本，奖励演员，但主要还是应该奖励导演，从戏剧史上来看，戏剧要有成就，打开大局面，都需要大导演，甚至世界级的导演，这是我搞美术职业的一个突出感受。

99年与你的合作很愉快，这以后我也愿意跟您再合作，你现在碰到了《四世同堂》这个戏来找我，我也很高兴，我就希望能与有想法、有创意的导演来合作，你是属于非常愿意合作的导演，所以你找我我非常高兴。

以前我没看过《四世同堂》的小说，接到你的邀请后，我专门买了一本《四世同堂》的小说，认真完整地看了一遍，虽然我曾经看过电视连续剧，但是现在看到小说，直接引起了我创作的冲动。我以前在德国学习的时候看过当地导演的《战争与和平》，说要接《四世同堂》的舞美创作，我马上想到了《战争与和平》的这个戏，我想一定要看看小说做做思想准备。后来看到您给我写的第一稿剧本的时候，感觉您特别聪明，没有把这个戏去尝试小说中提到的方方面面，而是就集中到胡同里，虽然这个小说写了很多监狱、战场等等好多事，但是作为戏剧不管怎么说都是需要相对集中，所以后来看到您强调胡同文化，并把"胡同"字眼集中在三家的生活上，这都是很聪明的一个做法，看到那个以后我很高兴。

我的感受跟您说的很对口，实际上现在的戏剧创作的过程已经不是原来那种意：先有一个剧本，舞美在剧本基础上搞二次创作。实际上，我们现在都是在小说的基础上展开，文本创作也好，导演构思也好，舞美设计也好，都是

> 舞美关系到了叙事的方式，有舞美才能把故事继续讲述下去。

互动的生产过程。这是我对现在文本要求的概念，并不是先要一个很完整的剧本，然后才能搞舞美设计，再来构思。实际上在剧本的构思过程中，必须先考虑到怎么把舞美纳入进去，舞美设计已经影响到了整个戏剧的走向，甚至决定了叙事的方式。舞美关系到了叙事的方式，有舞美才能把故事继续讲述下去，这是我的理解。

田沁鑫：这次创作特别的地方是把很多外景，市面上的街景、战争场面，还有监狱、饭馆各种场面都摒弃掉了，只将所有的戏浓缩在胡同里，尽情展示胡同风情，这是老舍先生的聪明，我们只是说能够感受到老舍先生他的点题，他提示你往这方面去做可能会成功，为这事我还看过老舍先生的论剧集，我觉得他有一句话说得很好：一个戏剧，结构的主体的内核是最重要的事情，而不是结构本身，结构主体的精神是最重要的，包括场景和结构文本共同来立体展现最后契合的那个东西，就像是两者交会而产生结晶的东西，所以我觉得这是最重要的，所以选您这么资深的设计做小胡同风情，我们想契合老舍先生胡同风格展示这样的精神。

咱们合作开始的第一步完成了，我们俩都很开心，因为毕竟过了一段时间再合作，就有一份安全感和信任。但是当这个主旨精神产生之后，我们第二步进行切磋的时候就发现非常难，难度很大，因为胡同风情只是一部分，它是一个场景，那么同时还有这几家人，其实以祁老爷子家族为重要的代表，是正派、旧派北京人的代表，还有胡同里知识分子家庭的代表，还有很重要的一家人是反派的代表，就是乱世投机者冠家的展现。胡同里最重要的三户人家，如果不展现三家只是写胡同也不行。又要揭示胡同，同时要把三家人展示出来，所以找到您就一直在谈这个问题。看怎么样来展现。

我不知道我当时说了什么了，反正到您家里看第一个模型的时候我还是很震撼的。

薛殿杰：我当时这么想这个方案：除了展示胡同风情，还要表现两家的细节，一个是祁家的，一个是冠家的，既有祁家还有冠家的，这是一个情景条件，还有一个情景条件当时已经告诉我，首演要在台北国父纪念馆，所以不能复杂，当时的演出计划也都定了，所以要搞一个能够比较简练的，能够巡回演出的，不很复杂的结构，于是我就放弃平台、转台大的结构，巡回演出如果弄好多集装箱是困难的。我想到既然里面要多场景的转换，不转台了，就转景，景片本身是转动的，可以把两家场景转过来转过去，于是就搞一个折叠的景片，像屏风似的，当时我和导演您试探一下，这样的方案是不是可行？您看了非常认同，不但认同还觉得可以发展。

我原来想两个家庭，是两个门楼，后来想既然是轮子化的，能不能整个推出来，拉进去，使整个轮子化，与您的流动的想法结合以后，这个景就更活了，表现内容的时候就更活了，不受任何束缚了，这样的话不但整个场景轮子化了，所有的道具也都轮子化了，轮子化的效果整个场景是移动的。

我们还有一个疑问，演员在演的过程中，一边演一边推这个景来演，到底效果如何，我个人是能够接受的，开始我也担心观众是不是不容易接受这样的安排，可是你意志很坚定，你很坚定我就不怀疑了。后来的我感觉实践证明这办法是好的，而且是符合现代意义的创作，这个戏还是一种叙事体的戏剧，告诉观众在叙述，是跟观众交流，特别是戏中还设计了一个说书人，介绍老舍先生怎么想的，增加了这个戏的叙述体的色彩，这是我第一的感受。

田沁鑫：最开始时，我跟您说："舞台就是胡同，就要表现三家人，您看怎么办吧？"难度都在那儿了。

薛殿杰：您说这个戏开始是跳出三个人，每个人从自己家的大院门里出来，从冠家走出一个人，从钱家走出一个人，从祁家人走出一个人，每个都自报家门，同时刻画出人物性格，这样的表现方法特别好，这又有一种表现主义的色彩。

田沁鑫：咱们现在展现出来的胡同，最后能够透视，像版画，演员可以穿梭在胡同里面，三个家庭——是能打开的，用轮子推动，像立体折叠画一样，一户户人家的展现，这是最终的一个呈现。但有趣的是，怎么最后会呈现

> 舞台美术的造型自身是被审美的，让人看着精致，必须让人看着美，舞美设计必须要有这么一个明确的追求。

这个？您是怎么产生的这样的想法的？这个构思过程我觉得特别有趣。

薛殿杰：我感觉到"透"的感觉是你特意要的，领略了这个意图以后我就想如何实现它。你最早提出来是前面要见到门楼，特别是你强调林兆华版的《茶馆》，说不仅能看到茶馆里面，茶馆外面的风情也能出来，我就考虑我们的戏能不能也做到这一点，因为茶馆是一个公共空间，只要房子的骨架，不要实体的墙，透过骨架能看到墙就行，但我们又不可能是骨架式的，我们能不能走这个过程？一开始你建议我们去直隶会馆看看，我去了发现它的造型的感觉是浮雕式的，但也有平面绘画和立体雕塑，这些元素结合在一起之后很出感觉，连我觉得也很好。

我想插一句，我对你一直比较赞赏，你在戏里面特别凸出舞台美术在整个戏剧结构当中的作用，这是特别具有现代意识的。舞美是造型艺术，造型本身必须要让观众感觉到美，要有美术价值，有审美，而不仅仅是为演出服务，为演出服务只是它的一个属性而已。舞美自身的特点应该是在舞台上凸出视觉感受的美，我的个人想法就是必须有独立审美价值存在，如此才可以作为一个自由元素进到戏剧里去，而不仅仅是综合因素的一部分，所以我特别强调：舞台美术的造型自身是被审美的，让人看着精致，必须让人看着美，舞美设计必须要有这么一个明确的追求。

直隶会馆的装饰是不透明的，但是有半浮雕感，所以我想在《四世同堂》的舞美设计既呈现浮雕感，又透明，大致是这样的一种感觉。

田沁鑫：说简单了就是让观众能够看到透视的胡同风情，但又不是一个完全实在的三个家和一条胡同，观众怎么能够感觉出胡同是在延伸呢？我觉得这特别重要，所以后来找到那种铁艺的装置，让胡同能够延伸起来。如果是做成雕梁的院墙和大牌楼，可能推动起来就非常困难了，也不可能流动地展现出平民史诗的风情。整个创意的过程还是挺艰辛的，比如实现半浮雕感，直隶会馆的东西看着很立体，像假3D，半真不假，是在墙壁镶嵌上去的，比如感觉这个桌子能用，但实际只是一半的桌子，后面那一半是画上去的。这种浮雕感我们也把它用在舞美中了，铁网则能透视成立体版画，版画后面还透视出人在运动，像这些很现实感的创作是怎么产生出来的呢？

薛殿杰：抗战时期，我们在美术创作上采用木刻比较普遍，这是那个时代最朴实的美术样式，给人一种强烈的暗示，能凸显时代感。现在回忆抗战时期美术，大部头的油画很少，比较多的是古元他们的木刻画，更贴切他们那个时代。木刻本身有一个特点，就是纯黑白，都是线条，白的地方能透，黑的地方则很古朴，这就能达到您希望看到的胡同剔透的风情的感觉。舞台前端的东西也往后面的风格来靠，实际上我们在做舞美的时候也是先做前面，再做后面。一开始在多媒体上想法也比较多。

田沁鑫：您做的这个图得一定收藏好，还得展现出来。手绘的、模型照片都要展现。

薛殿杰：模型只做出来了结构，没有下大工夫，当时时间太紧，没有做透明的模型，多媒体上则花了很长时间，3D 的多媒体还是没有做。整个制作过程中，小稿都是局部的，都是我画的，很多时间都花费在那上面，所以没时间做真正舞台的模型，舞台什么样的，最后就做成什么样，现在有的只是结构性的模型。

田沁鑫：您要有时间还是真做一个吧。这是题外话，咱们好留一个档。现在剧院档案室也要这些东西，除了文字上的档案，还要多留模型档案、服装设计之类。

薛殿杰：我们其实也不是先做一个预案，再完全按照预案去实现，我们是在创作过程中一直坚持发展，是在创作中继续创作。

田沁鑫：您可以去展览，放在剧院前厅里面展览。

薛殿杰：那就需要找助手帮我来做了，要求太细了。再一个是多媒体的方案，现在来看，多媒体的技术方案还是好，中间曾经有几次变化，我都想过放弃，最终还是没有放弃，没有放弃是因为有一个优势：这个戏的时间跨度长达七年，如果没有多媒体的话，舞台就会显得单调。有了多媒体，就不惧怕时

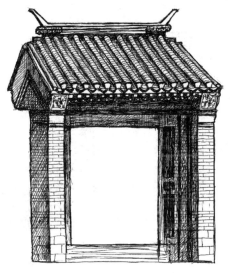

冠家门楼手描稿

钱家门楼手描稿

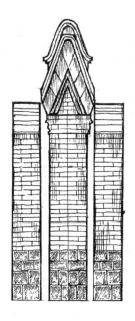

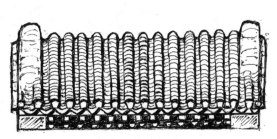

祁家门楼手描稿

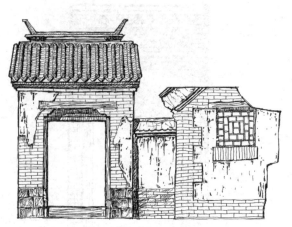
胡同档片 1

胡同档片 2

冠家门楼B片 双面看
《四世同堂》门扇

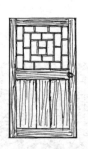
祁家E片双面看

胡同E片（单面看）

钱家B片（单面看）

《四世同堂》门片

> 多媒体的介入是帮助舞美设计来延续这条胡同，延续到这之外很多的四合院，还有作为环境的天气。

间的概了，包括气候变化、冬天、夏天、雪天、早晨、晚上，等等，都可以丰富地表现出来。另外我们还选择一个从观众席的投影，解决了我们当时技术上的难题。上半部分是投影，下半部分则不是投影，如果时间充裕的话，这些东西还可以搞得更严谨一点。

田沁鑫：对于是否采用投影，我们是有反复的。开始的时候，冯磊来了，出了一个像大电影一样的东西，把那个布景吃掉了，您觉得好可怕，觉得肯定不能用多媒体了。但是后来您又发现多媒体的介入是帮助舞美设计来延续这条胡同，延续到这之外很多的四合院，还有作为环境的天气。天气和时令的变化在多媒体里面的出现，只是起到帮助舞美设计延伸的作用，而不是要设计更大的一个概念出来，一定要弄明白这是两回事。多媒体的运用中间差一点就夭折了，但后来还是坚持下来了，是我坚持的，我坚持说还是要用多媒体来帮助呈现时令与天气。舞台上突然出现一块空白，或者如果只靠画幅画，那时间流变的感觉就不强了。因为这出戏毕竟是讲八年抗战的，是有时间跨度的。

薛殿杰：也有技术上的原因，当时没有机器，距离又不够。

田沁鑫：所以这个戏的舞美设计的完成过程非常艰难，它不可能做得很炫，因为整个戏都是以现实主义做基础。如果是设计一条飞在空中的胡同，我觉得大家谁都可以任意浮想，但老舍先生的舞台剧一定是不能随便浮想的，我们的创作就像打太极一样，只有靠一种综合现实的能力才能把它完成，所以一定需要多媒体来帮助舞美做出现实的环境。有一些四合院是正面打光，看到的是青砖黑瓦，黑色调，而多媒体则和您的版画的四合院还是一致呈现的，当天黑的时候每一扇小窗户就发出亮光，观众看得很简单，但是创作出来的过程非常艰难。因为后来的多媒体完全是依据您做的模型，先将那幅版画拍下来之后再来完成的。

薛殿杰：多媒体的舞台会比较浅，光一大就冲掉了，舞台暗的时候投影会比较清晰，舞台一亮投影就没有了。但是我这个木刻可以做投射，任何情况下都不会虚掉。我把木刻的稿给了冯雷，他在木刻的稿上再丰富了。后面还有下雪、下雨，还有鸽子飞等。

田沁鑫：我甚至看到飞机了，您看到了吗？飞机看得好清楚。所以整体的呈现是一致的，把老北京的风情就这样浅浅地、不失痕迹地、又带有现代感地给展现出来了，还不堵。能做到一个景都不堵，是非常很难做到的。总之此次的舞美设计很符合老舍先生《四世同堂》原著的韵味。唯一觉得的遗憾，是我们在制作方面糙了点，制作工艺糙了点，如果再能精良一点就真的非常非常漂亮了。

薛殿杰：制作时间确实是仓促了一点，有技术原因、场地原因，很遗憾。我不太了解情况，最后观众、专家对舞美的反馈是什么样的？

田沁鑫：您说的"透"的视角是我想出来的，当时我是以一个观众的视角

加了多媒体效果的舞美显出了气候和时令的变化

舞美背景素描手稿

来思考，还有我本人好奇心强。如果只给我看到舞台上一亩三分地分成三户人家，难道就可以叫做胡同了吗？我不这么认为。我是北京人，是胡同里长大的，胡同是很长的，我就想看到胡同里有人在走。您刚才提到的茶馆，在茶馆之外能看到街景，我想的效果其实也能这样，只不过我们做的更有趣了，我们不是在一个环境之外再设环境，也没有用实的方式来做，我们只用了铁网砂艺，如果能做得再精致一点，就完全是可以拍卖的工艺品了，您承认吗？铁网砂材料做出了北京四合院的各种门楼，还可以透视，能看到后面的舞美的呈现。所以当一打光，打到胡同后面去的时候，就能看到蜿蜒过去的胡同里有人物在穿梭。这是我们戏的精华。如果没有这个的话，就会像实的四合院了。

薛殿杰：特别感兴趣的就在这里，既是胡同，又是门楼，又是马路，但同时又不是纯生活的，还是舞台上的一种工艺品，它的自身就很有看头。我比较欣赏您对舞台美术有这样的认识——不仅仅是给剧本提供东西，完成服务就可以了，您是让舞美自身也变得有审美价值——这点可不是所有导演都能有的认识。

田沁鑫：我妈就是画画的。我耳濡目染，有一点鉴定力，我对建筑也有

> 一个舞美设计师的作品里面强烈呈现出一种人文的温暖和关怀。我觉得这才是筋道，是舞美设计师最有价值的一面，也是真正的文化

兴趣。如果光呈现现代意识的四合院，那就没有《四世同堂》的味道，也没有老北京的味道了。您的现实主义工艺基础非常扎实，您是一个言之有物的舞美设计大师，我愿意称您为大师——您德高望重，年龄在这儿呢，但也不是头发白的人都能叫大师，您治学严谨，而且思维方式非常年轻，触类旁通，能将西方和中国自己本土的，包括现实主义、表现主义等综合在一起，您就是这样一位很有创新意识的设计大师。如果光有创新意识却没有舞美的实际认知基础（比如很扎实具体的现实主义舞美的结构方式），那其实也不行的。薛老师将很难结合的这两点在自己的作品中综合表达出来了。

就像《四世同堂》里的祁瑞宣，瑞宣这个人物其实是模糊的，我小时候看电视对他只有一个外形印象，我对大赤包却特别爱看。可我现在做《四世同堂》的时候，非常触动我的却是瑞宣这个角色，他是我们沉默的大多数，没有什么权势，不显山显水，但也不属于底层，他就是中间的默默坚持的大多数，他实际生活的能力非常强，属于中庸的人格，却是华夏民族主体的精神，这样的人往往是作家笔下最难写的，也是只能作为主角的人。就像薛老师一样，综合起来很难说您是在哪一方面特别鲜明，您的主体意识非常现代，能接受透明和和铁艺来做《四世同堂》四合院，但这个也不是所有的设计。我和40多岁的年轻设计沟通这个方法的话，他却不能一下子接受这个方式。

但是薛老师却能够接受，思维方式非常先进，如果反过来说，如果不需要现实主义的基础，我就可以找再年轻的设计，咱们再飞高一点得了，也不用去想《四世同堂》里面老舍先生人情世故的基础。但是薛老师又恰恰具备这样一种独特的人文关怀和现实主义，一个舞美设计师的作品里面强烈呈现出一种人文的温暖和关怀。我觉得这才是筋道，是舞美设计师最有价值的一面，也是真正的文化，薛老师在我心中是大师。

薛殿杰： 其实我还加了一点，因为您说到现实主义我觉得比较"实"的这种生活情调的东西，我也担心东西太多就容易产生堆砌舞台生活的感觉。于是我加了框框，我想有意再扩一点这个东西。但是不知道这样的效果怎么样。

田沁鑫：我觉得挺好的，我觉得如果没有那个图就一切没有了。

薛殿杰：确实，那就太容易堆砌一片生活，连舞台感也弱了。

田沁鑫：我扎扎实实地感受到了设计大师的艺术气质。

薛殿杰：全部一推就荒诞了，但是你推一个屏风的话，很多人是容易接受的。

田沁鑫：其实也是让观众"间离"了一下。布莱希特的那种东西，薛老师还是继承发挥了很多。从这点来讲，这个戏的形式主要得益于薛老师，您是当之无愧的。

薛殿杰：这次的设计好不好是一个问题，但起码我能让您演了，戏已经能够全国巡回演出了，在完成演出任务的基础上我让观众感觉舞台上的东西确实有点看头，很有点意思。

田沁鑫：薛老师是表扬不坏的人，我一直在赞美薛老师，薛老师却一直说最基础的条件是让戏能够演出。

薛殿杰：我说的是实话，这特别得益于舞美制作王璞，实际上他也是舞美设计师之一，我们三个人在一起搞的。舞美的材料本身很轻，是他建议用的这个材料。而且对于这个材料我们还做了几个实验。比较遗憾的是我们时间比较紧，如果能够做出一个完美的成品，摆到台上再打上光，看以后怎么提高它。比较可惜的是我们没有实验的时间。

田沁鑫：是有点遗憾了，不然咱们能做得更好。

薛殿杰：我们是在叙述这个故事以后，从舞美到导演，一边拍演，一边编剧，其实也就是在生产过程中逐渐去寻找更好的办法。这个戏我是提前介入的，不像以前那些戏，舞美都安排在咱们排练之前。

田导既是导演又是编剧，你有了构思以后，开始逐步提高它、完善它，因为艺术家都在不断创作，不会满足一个想法就完事了，他们否定自己旧的再创造新的东西，导演本身还是编剧，把小说当做前提就可以。我们在排的过程中进一步提高它，而不是别人编了剧以后，我们拿着剧本去实现。您已经渐渐文本是个环节，舞美也是一个环节，都是中间的环节。

改动了很多，一开始有的没了，一开始没有的后来倒又加上去了，真正的牵一发动全身。你考虑到了整个戏的结构基础，哪些能进行，哪些不能进行，怎么删节，这些运用的就比较成功。我很少和导演合作，这次你既是导演也是编剧，是二度走在一起合作了。我这样看待戏剧生产过程——文本是个环节，舞美也是一个环节，都是中间的环节。我这次摆脱了以前只在剧本基础上搞创作的思路，这样创作起来就更主动了，也不会过分拘泥剧本原来提供的东西。

听说你在不断完善和修改剧本，这样一种创作确实是挺有意思。我原来不太明白文本和剧本的区别在哪儿，现在我体会到文本的意思是一个动态，而剧本则是固化了。

田沁鑫：改不了，我这次做文化部春节晚会，有纪念曹禺的三个戏，《原野》、《雷雨》、《日出》，我做起来觉得非常难，文本的语言结构太严谨了。字与字的排列，哪个字头，哪个字尾，然后哪个是动态、名词、形容词，之间的勾连关系紧密之极，我发现曹禺在这方面做得很严谨，所以无论去掉哪儿，都会觉得少东西，他的戏确实是只能以剧本为主体，导演做起来都是依据文本来做。但对于这次的《四世同堂》，您刚才说到文本和导演是联合在一起的，我想说其实这次舞美、导演和文本都是在一起的，三方面一起合作，才产生最后的这个结构，才可以下排练场去推行，这才是第二步，您刚才少算了一步。我们正是由于有了舞美设计的支持，这个文本结构才能照这个方式走下去。

我刚开始写的是我自己想象中的小胡同，有三家人，没有一点能力来想象舞台怎么呈现，只觉得这样写可能会有办法。如果没有您精准地来展现三家人，让每一家人像立体连环画式地打开，打开看到一个小屋，再打开看到一个小房子，室内环境如果不像扇子一样的打开方式，也不可能构成这出戏的结构精神。您开始看到我们第一稿，可能让您受到了启发，但我们第一稿其实是没有想法的，或者只是有想法，但却没有实现办法，后来您帮助我们实现了舞台，我再下排练场的时候就开始自信起来，才能按照这样的舞美的形式和文本的结构共同来让演员在这环境中表演，这样整部戏才活了起来，勾连起来，然

> 整个戏不是完全现实主义的戏,没有特别激烈的那种冲突,背景反而是次要的,背景就是三个家。

后三位一体地呈现出来。

薛殿杰:台北的那三场我都坐在剧场后边了,也都完整地看下来了。原来我有一个担心,就是内景的院里,大门里头就是院,后来导演在处理的时候,院里加了很多家具,有些戏是在室外,有些在室内,但是都是在院里。后来我感觉自己太拘泥了,现在这个景虽然实在,但不应该全部都是写实的东西,这基本上还是带有点暗喻,就是无论齐家也,冠家也好,门楼就代表了家,这个门楼的附近就是家的附近,具体在哪个房间里倒不是很重要了,不要过分拘泥,过分拘泥就没法演了。虽然环境感觉比较实在,但实际上也不是完全写实,还带有一种隐喻在里面。话剧里的门楼已经压扁了,一般房间是三四米宽,我们则将之压扁成几十公分了,这个东西实际已经变形了,已经有了我们的处理了。实际上门楼已经变成胡同里家庭的一个象征,所以在门楼里演的戏,观众就会感觉在家里演的,是院里的事,家里的事,但在哪个房间哪个门里面就不要过分拘泥计较了。我这样的理解不知道对不对?我原来的概念:大门里面是院,院里是屋,一切从生活逻辑去合理安排,但是现在我们不完全拘泥这个东西了。像打麻将被取消了,因为在院里打麻将不是太合理,包括老爷子坐着的台式椅,在院里吃饭也都不太合理,但是观众没有感觉这东西不合理,因为我们的景已经不是实景了,打开门楼后面就是家,我的这种理解对不对?我比较较真,我的想法是不是多余的?

田沁鑫:您的想法不多余,您的想法是对的,确实比较严谨。我们没有想到这么细的问题,整个戏不是完全现实主义的戏,没有特别激烈的那种冲突,背景反而是次要的,背景就是三个家。

薛殿杰:如果这个戏就是三个门楼,其他都没有,那门楼过来了是不是也可以演?按我的意思也可以演。所以将来你的戏有可能进小剧场,小剧场条件是不一样,是不是也可以考虑再进一步。

田沁鑫:对,三个门楼不是不可以,但是到比较小的剧场,上三个门楼怎么演啊?

舞美设计的小模型装置

薛殿杰：这个门楼就是这个家庭的象征，那个门楼就是那个家庭的象征，冠家门楼附近就是冠家。门楼具有引导性和符号性的作用。

田沁鑫：以后我们可以依据剧场不同来进行演出，比如进大学演出。让我们结束在对未来的畅想中吧。

"新京味"写出乱世中的世道人心
——田沁鑫与戏剧阐释杨阡的创作对谈

按:"戏剧阐释(Dramaturge)"一职,在国内戏剧圈里还是一个相对陌生的概念,"戏剧阐释"的责任基本上是介乎公共的文学顾问和导演或演员从事戏剧创造的私人参谋的角色。《四世同堂》一剧的戏剧阐释杨阡和导演田沁鑫在2009年底和2010年5月就改编《四世同堂》一剧有过两次长时间交谈。第一次谈话范围很广,基本上确定了以后该剧改编的走向。第二次谈话主要涉及到祁家大少爷的处理,是相对比较技术化的。这里主要记录的是第一次对话的重点内容。

田沁鑫:我们现在来想象一下将来观众会怎样看《四世同堂》这个剧。会不会以为仅仅是老舍先生的一出反映"老北京的抗战戏"?我的意思是:我们怎样找到一个既忠于老舍先生,又能和七八十年以后的当代老百姓的欣赏习惯进行对话的"入戏点"?

杨阡:我觉得《四世同堂》这部小说有四个方面的内容必须考虑:1.抗战;2.老北京;3.长篇史诗;4.反省和希冀。任何一方面不对味儿,都会背离老舍先生的初衷。这也是个挺大的限制,用现在时髦的话说则叫"挑战"。

田沁鑫：比如说"老北京"这个味儿怎么表现？老舍先生的《茶馆》和《龙须沟》是很好的样板，还有北京人艺的传统也一直都在。岂止是挑战！两度改编的电视剧，让《四世同堂》这个作品家喻户晓。我们必须要在这个剧中给观众一些新颖独到的东西才行。

杨阡：的确，这非常难。要想面面俱到，我们肯定做不过电视剧，那个时间长，空间大；要想凸出地道的北京味儿，北京人艺的传统则是一个难以超越的高度。

舒济、舒乙评价话剧《四世同堂》"为小说原著正本清源"，"导演好、演员好、舞台调度好，这个戏立住了"

田沁鑫的排练场之
四世同堂

> "北京"是"华夏臣民"的精神首都,这是经由明清数百年来在中国知识分子和中国普通百姓心里沉淀的"集体无意识"。

田沁鑫:所以我们要深层次挖掘这个作品的灵魂,同时还必须要和我们今天的生活有呼应。观众进剧场来看完后一定要带走一些东西才行。

杨阡:我们先从宏观的角度看看这个作品的意义。我觉得《四世同堂》讲的不简单是二战中一个普通的被占领城市里发生的故事。其实当时被日本占领的中国的大城市还有很多,比如上海、南京、长沙、广州甚至香港。若论日本的残暴和中国人遭受的苦难,南京大屠杀或者重庆大轰炸都比北京要惨烈。但是老舍先生偏爱北京,花费极大心血写了这部时间跨度长达八年的长篇小说。当然这和先生的生平经历有关,但另一个更重要的原因不能不考虑,就是:"北京"是"华夏臣民"的精神首都,这是经由明清数百年来在中国知识分子和中国普通百姓心里沉淀的"集体无意识"。这也是为什么日本军队一进攻卢沟桥,国民政府就不得不宣布开始全面抗战的原因。

田沁鑫:北平对中国就像巴黎对法国、华沙对波兰,是华夏的象征。北平的屈辱和尊严不是一个城市所独占的,也是一个国家、一个民族所共享的。

杨阡:我想这也是老舍先生写作的深意所在。

田沁鑫:这部小说第三部最早是老舍先生在国外用英文开始写作的。

杨阡:最早的标题也不是"四世同堂",而是"黄色风暴"。有面对西方世界开显东方立场的背后含义。

田沁鑫:"老北京"这个味儿也就不应仅仅理解为地方性。我从改编萧红先生的《生死场》开始,经过展示田汉心路历程的《狂飙》一剧,再到这次老舍先生的《四世同堂》的舞台剧,我认为现代中国的命运和中国的现代文化运动是分不开的。也就是说不论是萧红、田汉还是老舍,他们都是"五四"开端的中国现代新文化潮流中的中流砥柱。尤其对老舍先生而言,糅合了英国讽刺文学精髓的"老北京的故事"是一种新文体的创造,它不是为了前清遗老遗少打怀旧之情而作,相反是实实在在是反映新国民走向未来的呼声。所以应该被看作"新京味儿"。

杨阡:您这样理解"老北京"有点意思。其实"京味儿"是被创造出来的一种风格，三十年代的中国文坛现在被公认是中国现代文学史上的一个黄金时代，文学已经摆脱了"五四新文化时期"的稚气和冲动，也还没染上后来的火气和偏见。作家们已经形成自己独立的意识和独特的风格。在城市里受过教育的人中间则开始出现"理想读者"，这种情形有点像我们今天样子。可惜这个黄金时代很快被日本入侵中国炮火摧毁了，从此再没出现过那样自由而多彩的文化风景。老实说，我们今天的作家能选择这么多样的风格，知识分子嘴里或笔下流淌的纯熟现代汉语，应该说全拜那个时代的文坛前辈们所赐。

田沁鑫：像京剧一样，当时文学里也有"京派"和"海派"之分。

杨阡：田汉当时是属于"海派"的，还有张爱玲也是。老舍算"京派"。你挑的这些作家倒像蒋委员长当时说"抗战"的"地无分南北"啊！属于京派的还有像沈从文、林徽因、萧乾等等一大批文人和作家。那时北平的诗文、小说和翻译蔚为大观，文化沙龙也多，文艺刊物也多，文化的出版很繁荣。所以"京味"确实是一个主动加被动融合在一起创造出来的时尚风格，由于与当时北平的风土人情相结合，带有了特别的历史感和沉潜的文化品格。这种冲和平淡的京派风格甚至一直影响到今天我们的审美。

田沁鑫：老舍先生笔下的那些人物，今天我们好像在北京的胡同里有时候也能见着。

杨阡：不陌生，也不过时。这是伟大作家的标志——创作的典型人物永远都不过时。

田沁鑫：再说回《四世同堂》，我们不能跑题太远，在这个剧的创作上，我们还是应该忠实老舍先生的作品特点，尽可能在风格和语言上接近原作，同时把北平的"中国人的精神首都"这层含义充分表现出来。

杨阡：在这部小说里，老舍先生寄托了对战时北平诸事诸人的反省和希冀，这怎么来和当代人寻找对话的接口？别忘了老舍先生其实是绵里藏针的。

田沁鑫：我觉得这部小说的大背景是大变局下的北平，换句话说就是乱世。在这时候，人们不能再凭经验、家学、人脉和经济实力过以往平静的日

> 卢沟桥炮一响就像一声开场的锣,小羊圈里的各色人等都揣着自己的剧本走上舞台。

开场锣响,小羊圈里各色人等上场亮相

子。一切都在改变,一切都没把握,唯一能支撑一个人活下去的只有原始的信念或者本能,这两方面都表现得赤裸裸。这样的感觉我认为今天的人正在体会着,而且还会越来越强烈。大变动,在抗战八年的过程中引起的浮躁再到纠结最后是毁灭和蜕变,老舍先生几乎写到了入木三分的地步。"残酷而壮阔"——这是我想要替老舍先生传达的。不光如此,我甚至想像这部小说本来就是一台戏,卢沟桥炮一响就像一声开场的锣,小羊圈里的各色人等都揣着自己的剧本走上舞台。他们在观众面前活脱要演出一场戏,而且要听好儿的。

杨阡:比较具有难度的是舞台的表现方式,电影和电视剧可以用镜头叙事。说哪家进哪家。可说到忠于写实主义,舞台的灵动怎么办呢?还有三户人家，一整条胡同，几十号人物怎么处理，这是我说的长篇史诗的限制。而这个限制在技术上真的是个挑战。

田沁鑫：关于舞台我的设想。

杨阡：关于人物和事件怎么处理，你有个想法吗？

田沁鑫：我觉得就是聊出来的，像说书。用人物说话来带出事儿。不要用事带人。

杨阡：北京人凡事都有态度，而且对什么都有的说。

田沁鑫：对，日常的生活的琐琐碎碎。在说上都不用避讳，就让角色说我们今天的话。中国人说话的目的是很强的。人物还要插嘴，抢着说。这样就能让戏活起来，事跟人的感受有关系，光是抗战的事就八年，几十口子的一出戏招不下，重要的是你让戏里的人要什么，想什么，说什么再让他干什么。

杨阡：好，大原则现在都有了——在"五四"以来创造的新文学大框架内考虑创造"新京味"；反映战时北平的精神气度；表现乱世情怀中的世道人心；实行先动嘴再动手的结构策略。

图书在版编目（CIP）数据

田沁鑫的排练场之四世同堂／田沁鑫 著．—北京：北京大学出版社，2011.8
ISBN 978-7-301-18405-9

Ⅰ.①田… Ⅱ.①田… Ⅲ.①话剧－文学评论－中国－现代 Ⅳ.① I207.34

中国版本图书馆 CIP 数据核字 (2011) 第 001779 号

书　　　　名：	田沁鑫的排练场之四世同堂
著作责任者：	田沁鑫　著
责 任 编 辑：	丁　超
标 准 书 号：	ISBN 978-7-301-18405-9/J·0363
出 版 发 行：	北京大学出版社
地　　　　址：	北京市海淀区成府路 205 号　100871
网　　　　址：	http://www.pup.cn
电　　　　话：	邮购部 62752015　发行部 62750672
	编辑部 62750112　出版部 62754962
电 子 邮 箱：	pw@pup.pku.edu.cn
封 面 设 计：	午夜阳光平面设计　王焱
版 面 设 计：	赵云峰
印　制　者：	三河市国新印装有限公司
经　销　者：	新华书店
	720mm×1020mm　16 开本　14.5 印张　220 千字
	2011 年 8 月第 1 版　2018 年 5 月第 2 次印刷
定　　　　价：	32.00 元

未经许可，不得以任何方式复制或抄袭本书之部分或全部内容。
版权所有，侵权必究
举报电话：010-62752024　电子邮箱：fd@pup.pku.edu.cn